U0925274

本色文丛 · 于晓明 主编

问学日记

王先霈 / 著

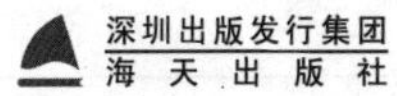
深圳出版发行集团
海 天 出 版 社

图书在版编目（CIP）数据

问学日记 / 王先霈著. — 深圳 : 海天出版社，
2013.1
（本色文丛）
ISBN 978-7-5507-0597-5

Ⅰ. ①问… Ⅱ. ①王… Ⅲ. ①日记—作品集—中国—当代 Ⅳ. ①I267.5

中国版本图书馆CIP数据核字（2012）第263755号

问学日记
WENXUE RIJI

出 品 人 尹昌龙
策划编辑 于志斌
责任编辑 陈 嫣
责任技编 蔡梅琴
装帧设计 王 璇
书名题签 嵇贾孜

出版发行 海天出版社
地 址 深圳市彩田南路海天综合大厦（518033）
网 址 www.htph.com.cn
订购电话 0755-83460293（批发） 83460397（邮购）
设计制作 深圳市龙墨文化传播有限公司 Tel：0755-83460859
印 刷 深圳市华信图文印务有限公司
开 本 787mm×1092mm 1/32
印 张 6.375
字 数 123千
版 次 2013年1月第1版
印 次 2013年1月第1次
定 价 26.00元

王先霈，原籍江西湖口，1939 年 7 月 2 日出生于江西九江。1960 年华中师范学院中文系本科毕业，留校任教。曾在江西武宁县农村中学任教四年（1972–1976）、华中师范学院京山分院任教两年（1976–1978）。现为中国中外文学理论学会副会长，中国作家协会全国委员会名誉委员，中国文艺理论学会顾问，华中师范大学教授。曾任华中师范大学文学院副院长、文学研究所所长、文学批评学研究中心主任、校出版社总编及编辑学研究中心主任；湖北省作家协会主席，中国作家协会全国委员会委员，湖北省出版工作者协会副会长，中国出版工作者协会理事，湖北省社会科学联合会学术委员。曾获国家级教学成果一等奖（1993）及二等奖（2002），香港柏宁顿（中国）教育基金会第一届孺子牛金球奖（1995），全国教育系统劳动模范称号（1993），国家教委首届人文社会科学著作二等奖（2003），湖北省社科著作二等奖（1987、1989、2001）及一等奖（2007），湖北省政府屈原文艺创作奖（1996）；享受国务院政府特殊津贴（1992）。

自序

这本册子里收录的，是我在三段日子里的日记。一是一九六三年秋季到次年秋季在中国人民大学文学进修班学习时所记，二是一九六五年秋季到次年夏季临时借调到《文艺报》评论组写作时所记，三是一九七七年秋冬到次年年初为考察“马列文论”课程教学到十个城市几十所大学和研究所请教时所记。我在人民大学是名副其实的学生，听课、讨论，做作业，听了许多老师授课；在评论组，由于当时文艺界的形势在急剧而微妙的变动中，写文章的时间并不是很多，却得到许多对我说来很特别的见闻，听到许多有意思的讲话；一九七七年学术出差，是有目的地出去讨教，请教的学者共有一百多位，其实也是一种听课。所以，三段日记，记下的多是前辈耆宿或同辈俊秀的言论。因此，名之为“问学日记”。为了保存原貌，其中记录本人生活的文字也全都留了下来。

那些时候，求学心切，记录的笔头子很勤快，主观上是尽可能少遗漏地记录下听到的言论的精髓。当然不敢说都记录得准确，但大意或不至于相差太远。

三段时间，距离今天已经分别有三十多年和将近五十年，那都是文艺和学术发生大变化，文人、学人心理发生震荡和变化的时期。日记所记当日人们的议论以及自己所思所想，重读常不免有隔世之感。向之所遇，已为陈迹，情随事迁，感慨系之，别有滋味在心。

三段生活的同伴，许多都健在，渭树江云，或许还有机会和他们杯酒论文，共同回忆，得以对所记内容有所补充和校正。

感谢于晓明先生的邀约，没有他热忱的敦促，我无论如何也不会想到把日记印出来。

二〇一二年九月三日于武昌桂子山北区寓所

目录
Contents

一九六三年日记

十月二日　星期三，晴

昨天晚上，在天安门前参加狂欢，八点整焰火开始，红绿蓝紫一簇簇似丛花，一群群似繁星，大的似挂满果实的树枝，细的似碧海中的珊瑚。几十万人举头向南方，在这欢声喧腾的时刻，我忽然陷入沉思：自从和祥馨新婚乍别，又加上她工作调动，一段时间以来，为了儿女温情，失掉了向前而不顾后的青年锐气。昨天，大半时间在天安门前，看到祖国强大，特别是感到我们的国家、我们的人民前进时的腾腾热气，感到十四年来在改造祖国贫穷落后面貌方面的旋转乾坤的丰功伟绩。在这个时候，不能不想想，这些成绩是怎么来的，要是年纪轻轻就早早造一个小窝，那么，这些成就能够出现么！

昨天一天的经历，给我以极大的精神力量，就像上午在天安门前举花的群众队列里，做一个微小而不可缺少的分子那样，我要投身革命的激流，永远在毛泽东的旗帜下，做一名尖兵。

十月三日　星期四，大风

早起，即去看电影《跟踪追击》，编剧和导演都没有怎么下力气去追求反特片的惊险，我倒颇喜欢这平实。影片增加我不少知识。

下午去祥馨后母家，敲门后两个妹妹非常亲切地叫我“大哥”，这称呼使我高兴极了，感到异常的温暖与慰藉。

昨天与万钟在北海公园漫步，这是来京后最散心的一天。

后至景山，看了崇祯在一六四四年吊死的那棵树。

十月五日　星期六

萧前老师讲《实践论》，说要了解它在马克思主义哲学中的地位，它彻底解决了物质与意识的关系问题。学哲学要和思想斗争联系起来。古希腊哲学家说，人按照自己的形象创造神，如果牛会创造宗教，神就是牛；猪会创造宗教，神就是猪。高尔基曾说，古希腊的一位哲学家克桑诺方断言，假如动物具有想象的能力，那么，狮子会把神想象成为巨大和无敌的狮子，耗子会把神想象为耗子等等。大概，蚊子的神会是蚊子，结核菌的神会是结核菌。

十月六日　星期日，晴

昨天上午听黄钢同志作报告，讲七月间雅加达亚非作家会议执行委员会会议情况。黄钢讲话没有政论家的恣肆，而是寓幽默、激情于谨严之中，像一个科学家似的。他最后讲自己的感受时说，对中间分子要善于等待，从创作上、生活上关心他们，让他们自己在斗争实践中逐渐觉悟过来，还举了南非教授以及日本闺秀作家山村艳子等做例子，这点讲得很富启发性。

王金陵老师讲课，讲的是《苏联电影界现状》，她讲到苏联电影的革命传统和最近十年来的变化。丘赫莱伊的老师尤特凯维奇说，三四十年代，有诗电影与散文电影之争，大题材与亲切题材之争，大题材讲结构不讲人性，他要打倒纪念碑式的电影。罗姆拍过《列宁在十月》等，得过许多勋章，却否定自己那些作品，提出向西方学习。演过《乡村女教师》的玛列茨卡娅多年不拍片，发表公开信说："现在银幕上全是胆小鬼，灰色的人物。"可是，去年她就演《女人的造反》，反战的。几类作品：甲，和平主义。《伊凡的童年》，《雁南飞》等。《一个人的遭遇》中邦达尔丘克说，“我要让大家从索卡洛夫身上回忆起死亡与恐惧的年代，以便更坚定地站在保卫和平的一边。”法国马尔丹最欣赏索卡洛夫啃鸡骨头的场面。美国报刊说，“啊，原来他们和我们一样！”乙，反对“个人迷信”。《晴朗的天空》，《伊凡·杰尼索维奇的一天》等。丘赫莱伊说：“牧师只为教会服务，而不为上帝服务是不好的，共产党员只为自己的地位服务，不讲人道主义也是不好的。”丙，宣扬人性论。《第四十一个》原来拍过，重拍是为了“给予它现代性”。《未发出的信》。丁，其他，《А，Б，В，Г，Д》，诗电影的代表作，打掉情节，“情节把生活塞到框框里，挤死了”，罗姆提出“反情节”。

晚上看苏联影片《晴朗的天空》、《雁南飞》，是在北京展览馆剧院里看的。北京展览馆比武汉中苏友好宫大，又更幽雅，建筑内部变化多。两部修正主义的影片，主要都是宣传和平主义、反对正义战争的，技巧都较高。《晴朗的天空》以女主角莎夏的回忆而逐渐倒叙出来，最后说，她这段回忆只不过十分钟。使人觉得，战争、个人迷信，不过是一场噩梦。莎夏和阿斯塔霍夫在雪地嬉戏，集训的女兵投以艳羡的目光，车站上期待与亲人一会的家属、士兵，被疾驰的列车粉碎了希望时狂喊的镜头，真是恶毒极了。莎夏要阿斯塔霍夫为建立小窝而说谎，把个人幸福与革命战争对立起来。阿斯塔霍夫申请恢复党籍时，党委会里站着巨大的斯大林石膏像，这里刻意地表现了斯大林主义者如何“无情”、“专横”、“不信任人”；而最后，冰河解冻，却只从侧面写，写莎夏在门外严寒中等待时，交替踏着的双脚，写阿斯塔霍夫手中的红旗勋章，这种技巧也是很高的。《雁南飞》中鲍里斯中弹倒下时，周围树木旋转，他脑中显出和“小松鼠”维洛希卡结婚的景象，这也就是他所要保卫的东西。

早起，听见广播里讲，《年青的一代》被誉为继《霓虹灯下的哨兵》之后的又一成功剧作，午饭前找来剧本看了，看得很激动。特别是夏倩如的变化过程很引起我的警惕。她说，“这些日子我的心里乱得很。我觉得自己好像比别人矮了半截……我怕听人谈毕业分配，怕看见人打报告、写决心书，甚至怕听激昂热情的歌声。一听大家唱‘我们有火焰般的热情，战胜了一切疲劳和寒冷’，我就像是做了什么亏心事一样。”“我也是青年，为什么我……”“这一年来，我就像是跌进了一个又稠又厚的泥坑里一样只觉得软绵绵的，一边挣扎，一边往下沉。”这个人物，似乎是剧本中较成功的一个。

十月七日　星期一，晴

刘川的《青春之歌》也接触到青年知识分子的改造问题，当然，几年以前，不可能如此深刻地提出无产阶级和资产阶级争夺青年的尖锐问题。这类题材的作品，思想逐渐深化，艺术上逐渐提高。

近一个时期来，我看作品往往屑屑于技巧，而不愿思索其所概括的时代内容，因此缺乏批评眼光，细腻的鉴赏力也不能培养。要赶快注意这个倾向。

十月九日　星期三，晴

昨天，接到祥馨的两封信，中秋晚上她一人对着饭菜回忆起在武汉时吃饭的情景，学校里只她一个人。

晚上看纪录片《版画艺术》、《掌中戏》、《国庆节》。今天看苏联影片《士兵之歌》和《第四十一个》。《士兵之歌》写士兵阿辽沙，在战场上被法西斯坦克追逐，吓慌了，偶然捡到反坦克枪，打垮了两辆坦克，成了英雄，他不愿受奖，要求给几天假，回家探母。他用肉罐头贿赂哨兵坐上了货车，后来和一个姑娘舒拉在一起，两人还爱上了。阿辽沙起先碰到一个残废军人，失去一条腿，不想回家看妻子，但在别人劝说下终于回去了。阿辽沙给这个战士两块肥皂，要他带给妻子，可是他妻子已经改嫁给别的人了。阿辽沙刚回到家里，假期就已经满了，不能给妈妈修屋顶，立刻返回前线，从此再没有回家。“他本来可以种地，可以做各种事，但现在只是一名士兵。”这部电影把苏联红军写成乌合之众，庸俗无耻之徒，宣传战争给母亲、妻子、丈夫带来种种不幸，是一部懦夫之歌。《第四十一个》是人性论加色情，在荒岛上，马略特加向白匪中尉献殷勤，真丢尽了无产阶级的脸。

十月十日　星期四，晴

祥馨的信上坚持说她希望搞本行工作，这是和我的意见不相同的，但不知什么缘故，我却很喜欢这种执着，这是一个人有主见、有理想的表示。

今天上午思考了学习《实践论》的收获，联系文艺问题来想，有些地方觉得蛮有味道。下午和晚上开始读有关《讲话》的材料，现在感到时间非常紧。最近身体非常虚弱，不知究竟是什么缘故，锻炼太少了吗?

十月十一日　星期五

冯其庸老师介绍文化部、中国戏剧家协会召集的“戏曲座谈会”情况，八月二十九到九月二十六，间断进行。传统戏曲歌颂的忠孝节义有没有可以继承的?这个联系到历史学界、哲学界对鬼戏的评价。解放初禁了二十六个戏，一九五七年开放了一部分。这些究竟如何看待?《光明日报》开了专栏，按语经过中央负责同志修改。一九四六年《华北日报》发表社论，指出戏曲有有益、有害、无害三种。

他传达周扬同志的讲话：有的人艺术上的爱好超过了政治上的警惕性，许多领导、演员都是如此。是先要内容的新还是先要形式的新？先有内容的新才能有艺术的新。移步换形，立场变，脚步变，才有新形态。糟粕就是封建道德、奴才道德，精华就是民主性。戏曲表现的人物有封建思想和剧本宣扬封建道德，这是两回事。我们评价人物，是根据其行为的历史作用，还是根据他的道德信仰呢？根据后者是唯心主义。秦香莲骂陈世美不忠不孝、不仁不义，秦也有封建思想，但她不是要维护而是要揭露封建道德的虚伪。封建道德受到两个方面的破坏，一是统治阶级分子的无耻行为破坏其表面价值，一是被压迫者起来揭露它。历史上有一部分鬼戏是好的，大量是不好的。反对把古人现代化和从社会主义高度观察古人，是两回事。古人为了他们信仰的、其实不值得为之奉献的原则，做出那么大的牺牲，我们为了真正崇高的目标不是更应该奉献一切吗？

又传达林默涵同志的讲话：旧时代革新与今天不同，梅兰芳于新中国成立前是在竞争的情况下革新，今天是为了更好地为人民服务。一九五八年文化部有些左，提出百分之几十，甚至是百分之百的现代戏，中央没有同意，只同意提百分之二十的现代戏。封建社会人民也接受封建道德，忠孝节义在统治阶级内部不能实行，倒是有许多普通老百姓老老实实遵行。这也不能改变封建道德的阶级性。我们肯定历史人物，是肯定客观上起了好作用的行动，不是肯定他的道德观念。

十月十五日　星期二

上周星期天听国务院外事办公室副主任张彦同志的录音报告，分析国际形势，报告不以内部消息见长，而以对当代各种矛盾的辩证分析深获我心。他讲，现在是马列主义、帝国主义、修正主义三分天下，鼎足而立。几种矛盾的趋势都是拖下去，冷战下去，而时间对我们是有利的。对古巴、巴基斯坦、柬埔寨的分析，很有意思。

星期天看电影《乔太守乱点鸳鸯谱》，观众都笑得尽情、畅快。回来，有同学说这电影没什么意思，其实很不然。这笑声里摧毁了很多残忍丑恶的东西，攻击无人性的封建礼教，鞭挞处处为己结果搬起石头砸自己的脚的庸俗市民。在艺术上，我觉得和意大利的喜剧《扇子》有个共同优点，人物不多而使这几个人物交织成极错综的关系，使人觉得非常热闹。闹中，繁复中，又是有主干的，是以孙润和刘慧娘为中心的，裴生、许文姑只是陪衬，有性格的人物也有几个，刘家老夫妇，乔太守，孙家乳娘，母亲，都是个性化了的。

十月十八日　星期五，晴

前天开始，哲学课由庄福龄老师讲《矛盾论》，没有萧前老师讲课那样的韵味。

前天翻阅青年作家学习会的材料，接触到这样一个问题：过去作家的思想是自己获得的，他们的思想（包括其中的矛盾冲突）、感情、生活经验，三者较融洽地结合在一起；我们现在的作家，对客观世界的认识，不可能超越过党，他们接受党的政策、指示来认识社会，而现代作家距离无产阶级化又还远，因此，他们的思想、感情、生活经验往往不能融洽，这种现象，与文学的特性要求相违背。这是不是我们许多作品单薄、公式化的根本原因呢？

十月二十一日　星期一，晴

十八日下午参观鲁迅博物馆，十九日晚去祥馨后母家，坐了两个小时。上午收到祥馨的信，说久不见我的信，很急。她看了《七月流火》，很受感动，这又反过来刺激了我。我这两三天很是疲沓，浪费时间不少，心情不正常。这周以后，再不能有此现象了。

二十日和罗万钟到颐和园玩，先游后山，寻幽探奥，人迹颇稀，树杪风响而碧流无波。后下至昆明湖边，过十七孔桥，由龙王庙过渡到排云殿，经长廊出园，共在园内五个多小时。晚上听国家计划委员会副主任杨英杰报告。

十九日上午在美术馆参观西方现代绘画流派作品展览，观众很少，遇见郭沫若先生也在那里，真正是擦身而过。出馆后老朱给我照了两张相。

十月二十三日　星期三，阴

患感冒，很难受，肚子又痛，工作效率降低。前天晚上听电台广播《新殖民主义的辩护士》，念到："赫鲁晓夫像一个神父，说：'全世界受苦的人们呀，你们有福了。'"播音员模拟的口气十分有趣。

今天下午看十月五日《羊城晚报》上登载的秦牧的散文《欧洲的风雪和阴霾》，写他在莫斯科机场因风雪延误行期，雾霾的讨厌，冲出云雾见到一轮鲜艳红日的欢欣，有所影射，含而不露，很好！

最近又回到以前想到过的"形象化规律"的问题，新见很少。晚上提起笔只写了几行，脑痛，作止。

十月二十六日　星期六，晴

昨天听美学教研室马奇同志介绍周谷城的美学思想，说到周曾写过"艺术家要以生命的活力进行创作"，马奇下了个批语："死人不能创作。废话。"又说："为什么要说这种废话呢？其中隐藏着从生物观点解释创作过程的企图。"这给我启示了读反面文艺理论著作的一种方法。修正主义者就是在一些尽人皆知的"绝对真理"中偷偷引进错误观点。

马奇说，周谷城文字通顺，思想隐晦。到现在为止，发表了七篇美学文章，可以归为三点：艺术源泉，艺术创作，艺术的社会作用。周谷城的美学思想是新中国成立以来最系统地反对马克思主义美学思想，尤其是直接反对毛泽东文艺思想，反对《讲话》的，从哲学上说，反对《矛盾论》，反对反映论，反对阶级斗争理论。周说，只能说艺术的源泉是生活，不能说生活是艺术的源泉；正如可以说人是动物，不能说动物是人。他原来就认为形式逻辑只管思维形式的对错，不管内容真假，这个看法是对的。因此，不能以逻辑形式来证明艺术与生活的关系。周的美学反对他的逻辑学。

十月二十八日　星期一，晴

昨天与陈引颖去香山游玩，早上八点出发，下午六点回家，跑了一整天。香山红叶如火，仰视俯瞰，红黄相映，绿树环绕四周，美色斑斓。山并不大，但我们不走“正路”，爬过了真正的悬崖峭壁，由荆棘丛生仅容一人的小径，最后走入深谷，人迹不到，颇有几分奇趣。归途又到动物园，象、犀牛、河马、长颈鹿、翠青蛇、牛蛙，都是我以前没有看过的。

晚上收到祥馨的来信，说最近似乎显得优柔寡断，应该坚强些。这些话说得好，对于我尤其有意义。我要把一切琐屑的胡思乱想丢掉，严肃对待学习任务。

学习《讲话》有一段时间了，看了不少材料，但因为没有用整风的精神（学习《实践论》时有一些），所以没有能深入到著作的实质，这是一种根本性的缺点，必须马上改正。

十月二十九日　星期二，晴

上午收到祥馨来信，她已经回到九江家里去了。上周星期六接到母亲来信，是玉华姐代笔。玉华姐说，妈妈年老体弱而又多劳，看信后心里很难受。

十月三十一日

今天，王燎荧老师讲《〈讲话〉的背景》。《讲话》中讲到背景是四点，世界的情况，中国两条道路斗争的情况，延安整风运动情况，座谈会情况。中国的小资产阶级革命性也很强，和无产阶级的革命性很难区别，它有可能要走到篡党的地步。延安文艺界初期，作风较正，比较注意普及，宣传抗战，特别在戏剧上表现突出。比如民众剧团。《文艺突击》刊物，发表报告特写。问题也有，内容浅显，一般化。京剧《大战平型关》穿八路军军装起霸，念定场诗“俺，林彪是也。”一九四一年后，好的逐渐不见了。国民党封锁，生活艰苦，我们一天吃两餐，有的机关真是大锅清水汤，知识分子扛不住了，极端民主、平均主义思想发展。文艺上，一是关门提高，一是小资产阶级自我表现。原来学校几个月培训，后来被封锁，不能离开延安回其他根据地，学制延长。读外国名著，托尔斯泰、果戈理、契诃夫流行，学安娜，穿黑衣服，创作上提出面向全国，为大后方写作。演大戏，高尔基的《母亲》，果戈理的《钦差大臣》、《婚事》，水平较高，王明很欣赏；曹禺的剧本除《原野》之外全演完了，还有夏衍、宋之的、陈白尘的，与当时环境不合。后来还演《四郎探母》、《四美图》，认为里面有技巧。音乐晚会全是外国的，马蒂斯的画在鲁艺很受欢迎。创作上提出“写熟悉题材”，“说心里话”，他们熟悉的不是工农兵，心里是小资产阶级思想感情。何其芳《诗三首》、《叹息三章》，不太好。贺敬之“我今年十七岁了”，歌颂自己有天才。刘白羽《陆康的歌声》、陈荒煤《在教堂里歌唱的人》，写知识分子的忧郁。马加的《间隔》，写组织干涉婚姻恋爱，军事干部追求女知识分子，丑化工农干部。方纪《意识以外》，写知识分子因为分配工作不恰当，精神分裂，公开引用弗洛伊德。文艺界不团结，鲁艺与文抗（文艺界抗敌协会）矛盾。毛主席做了准备工作，会前找萧军、何其芳等人谈话。会开了三次，引言提出五个问题。发言情况复杂，萧军拍胸说“不仅要做中国第一，而且要做世界第一作家”。何其芳自我检查，讲对“知识分子不干净”的话的体会，艾青说何“带头忏悔”。欧阳山发言很长，讲什么叫文学，他是搞文艺理论的，以为中央没时间研究文艺，所以多谈。后来他对我说，“原来毛主席对文艺的研究，不知比我们高明多少。”一九四三年出现秧歌运动，找到这个形式不容易。当地群众不愿意看话剧、平剧，会唱秦腔的又不多。后来逐渐提高，出了《周子山》、《白毛女》。

十一月一日　星期五，晴

王自强寄来九月份以前的杂志四本。晚上读俞平伯《〈红楼梦〉中关于‘十二钗’的描写》，虽然多少带了考据派的臭味，但不失为一篇好论文，分析细腻。作家因方为珪，遇圆成璧，依人物性格而选择适当的创作方法，这一点有很大的相对性（用大致相同的创作方法去塑造性格相反的人物，也可以），但仍值得注意。为什么冈察洛夫长于环境和肖像描写，因为他写的是奥勃洛莫夫一类人。屠格涅夫呢，要表现思想斗争激烈的时代，表现罗亭、巴扎洛夫式的人物，可以多用争论，长篇演说式的语言刻画人物。《红楼梦》写钗黛，以其性格差异而写法有直曲之不同。另外，《红楼梦》的曲笔，“微而显，志而晦”，这关系到中国史家“春秋笔法”的传统，诗人含蓄的传统，宜好好体味。这样做，困难是掌握分寸、火候，过度了，成了故意卖弄玄虚，如诗歌中比兴手法的滥用（宋词里有），历史著作中搬用“三传”释《春秋》的现象（见《史通》的批评）。但这又是我们今天的文学所欠缺的，而《红楼梦》对分寸的掌握很到家，所以，值得仔细捉摸。

这几天来的精神状态令人满意，身体亦见好。

苏辙《上枢密韩太尉书》："且夫人之学也，不志其大，虽多而何为？"在两年的学习中，要不要深入几个文艺理论专题呢？比如，形象问题，典型问题，创作方法问题等等。似乎不要。为何？原因是现在根底还浅，重要的是积学储宝，充实自己，倘恋栈于一二专题，必至疲神劳思，所得甚少。但老师同学都说，应带着问题而学，研究性地学，单纯接受知识，必然不深。那又该怎么办呢？

中国文学，注意言志，言志与抒情结合，注意音乐性，注意修辞技巧，唯于创造形象，长期未在理论上提出，偶有涉及，亦未能深入。对于典型问题，更是如此。由此而带来的中国文学的特点——优点与缺点——宜深思之。《诗》只是言志抒情，到楚辞"始广声貌"，汉赋才注意体物，但不是正宗。几千年占压倒地位的是前者。而且，赋之体物，仍不能算是创造形象。后来人谈到情景、意境等等，才涉及形象问题。

十一月四日　星期一，阴

星期六上午接到姐姐和李思维各一信。思维的信，写得颇亲切。

昨天上午，看《冰山上的来客》，情节非常复杂，许多事情，我是回来听大家谈起，才弄懂的；还有些事情，大家也都没有弄懂。想使人物个性化，但不太成功。在情节上下工夫，尤其对于惊险片，是很好的。其实，只要抓住真假古兰丹姆一事，执简驭繁，就可以写得曲折动人。故生枝节，纷而不理，结果减低了观众的兴趣。

下午看《红日》，沈振新（张伐饰）石东根（杨在葆饰）都演得好，导演汤晓丹很注意细节，使得电影生活气息浓郁。比如，沈振新拿起丁政委带回的文件，重新点起一根蜡烛，准备好好读一读，这时，通讯员在后面咳嗽一声，沈无可奈何地推开文件，吹灭了灯。这里写出了沈与通讯员的关系，革命的同志感情，平等相待，写出了沈的性格，所占时间却很少。可惜改编者（瞿白音）的功力不够，从小说到电影，剧本没有能做更多剪裁，以致令人有枝蔓之感，人物大多数没能立起来。

上周看报，见到有两句话："由俭入奢易，由奢入俭难。"从八月份到现在，正是体现了这两句话，是从生活里提炼出来的真理。这段时间，有点乱花钱，马上改掉！觉察到了，就可以做到。

十一月五日　星期二，阴

这些时思想感情很不健康，甚至在看书时也常常浮起杂念。去年、前年的蛮劲、傻劲一点也没有了。翻开前两年的日记，不禁深感自己的退步。现在，不仅自己要鞭策自己，也要求助于组织、同志。

十一月七日　星期四，晴

"在意大利，有一个城市叫做那不勒斯，人们有一句谚语说：'看见了那不勒斯，死也瞑目了。'但我们到了中国，就可以说：'看见了中国，才是开始了生命。'"这是巴西女作家艾洛依莎·拉莫斯的话。

昨天课间收到祥馨来信，非常欢喜，等她的信等了好几天了。

这两天能控制自己的思绪，很好。读书较前专注，能深入。

下午去电影资料馆看《武训传》，极其露骨的改良主义思想，而又是概念化地表现出来的。编导很拙劣，武训逢人下跪，让人骑，让人打（一拳二文，一脚三文），看着只生厌恶之心。

昨夜起一直大风，中午出去看电影，灰尘扑面，才领略北方风沙的厉害。

昨晚给祥馨写信，要她平静下来。我以后写信也要注意，字句上尽量平淡些，彼此不过多牵动感情。

十一月十日　星期日，晴

昨天听何其芳同志讲课，关于《讲话》的问题。

他讲了五点：历史背景，《讲话》的内容，《讲话》后毛主席思想的发展，《讲话》的影响，毛主席的文艺思想在哪些方面发展了马克思主义的文艺理论。上午主要讲背景，讲得比较一般。讲了对新文艺运动的贡献和缺点的估计，《讲话》前革命文艺理论的发展。讲到座谈会前延安文艺界的情况以及座谈会的情况，有一些细节。当时的争论，萧军、艾青等与周扬的矛盾。

他说，我们很委屈，以为自己正确，其实未必正确，即使正确又怎么样？毛主席对我们说，“一个人没受十年二十年委屈，就是教育没有受够。”听了主席讲感情转变的经验很受感动，做了发言，舒群说“何其芳带头忏悔”。我当时很欣赏托尔斯泰“没有爱就没有诗”的话，讲课时讲了。对人性论、人类之爱闹不清。他说，关于新文艺运动的估计，每次纪念《讲话》要我写文章，遵命作文，真正要研究，就要研究马克思主义文论，研究现代文学史，座谈会前后的情况，读大量的作品，大量材料。毛主席对新文艺运动的贡献和缺点有所论述，主要讲贡献，缺点是没有和群众结合，没有解决群众化、民族化的问题。十年内战时期，我刚大学毕业，到中学教书。那时鲁迅的影响真大，他批评了谁，谁就没有威信，徐懋庸、朱光潜、李长之，都是。革命文艺中心在上海，苏区文艺力量小。左联搬用苏联的辩证唯物主义创作方法，苏联改了，也跟着改，改为社会主义现实主义。把“获得”世界观看得很容易，“化大众”的思想没有变，瞿秋白也是如此，那时思想最高的是鲁迅，他有些意见和毛主席是相近的，没有毛主席那样系统彻底。鲁迅读到马克思主义原作可能不如我们多，但他对中国历史了解多，见得多。纯粹的无产阶级文艺作品很难找，很多青年是受巴金的影响反抗家庭到了延安，曹禺影响小一些，艺术上高。我是一九三八年夏天到延安，文艺运动面向群众，比较健康。皖南事变后萧军等人到延安，要暴露黑暗。记得一次在文艺俱乐部的亭子里开会，萧军跳到外面，说，现在是大太阳，但是我不是有影子吗？有黑暗！萧军有流氓式的作品，艾青有极端个人主义的作品，暴露黑暗成了风气。贺龙说，“我们用保卫延安动员士兵，你们说延安黑暗，简直是瓦解军心。”陈荒煤、周立波、严文井对萧军他们很反感，就歌颂光明。我们没有刊物，后来办《草叶》（立波喜欢惠特曼的《草叶集》）。鲁艺学制第一期三个月，第二期九个月，才开始有文学系，头三个月上前线，还不是关门提高。一九四〇年提倡学校正规化，学习两年，当时也需要提高，提高与普及关系没搞好，主席讲这点针对鲁艺。柯仲平、马健翎领导的民众剧团做得较好。当时思想斗争与新中国成立后不同，萧军等是团结对象，大家各讲各的，火力不集中，主席很尖锐的内容也是以很温和的形式出现。主席对列宁的发展，苏联不大强调改造思想、深入工农兵。为工农的文艺不能到工农中去，这是长期没有解决的问题。沙汀过去就认为只能间接服务，强调分工，强调工农文化水平不高。说整个艺术比整个生活更高，这种说法并不科学。生活中的列宁更加丰富。毛主席说，艺术可以把列宁的普通的东西，吃饭、睡觉、上厕所去掉。生活本身就有很典型很集中的事件，比如刘胡兰、黄继光，不能说文学写出来就一定比生活更高。主席讲得很科学：比普通的实际生活更高。衡量过去的作品，对人民的态度是基本标准，但“进步”这个概念更广泛些。比如韩愈，提倡古文，不一定能看出对人民态度，但对文学发展有利，是进步的。进步作品也可能不只是表现在对人民的态度上。《水浒》对妇女的态度，《红楼梦》对赵姨娘的态度，嫡庶观念，都是很落后的，但它们主导面是好的，反封建。哲学上唯心主义，文学上现实主义的作家很多。《庄子》也有积极的影响，嵇康的反抗性就是受庄子很大的影响。承认人性不错，说有超阶级性的人性就错了。各种人共同喜欢的作品还是有，乾隆御选唐诗，就有“三吏”、“三别”。《讲话》最初提无产阶级现实主义，可能觉得比社会主义现实主义更能表现阶级特点。鲁迅对阿Q开始是鞭挞的，没有什么同情，但后来阿Q走向革命，现实主义突破了鲁迅原来的意图。暴露国民性，如果选一个地主来写，就不会是这样。

下午主要讲《讲话》内容，真知灼见，不时而出，且能在思想方法、研究方法上给人以启发。尤其是，反复地，当做口头禅来强调的“大量占有资料”，还有，讲述中表现出来的敢于独立思考的精神，给我印象很深。听了课，使我对何先生很钦佩。到京以来，对其他所有讲课、作报告的人都没有这样。最后，他讲理论工作的基本功，说，如果只懂文艺理论而不懂马克思主义的一般理论，那么，只能限于已成的结论，只能述而不作。“我自己对经济学不懂，空想社会主义学说想读还没有读。”另一方面，某些人，如别林斯基，不是马克思主义者，或者如高尔基，在哲学上有缺点，但在文艺理论上有伟大贡献，那是因为，文学知识极为丰富，有很深的研究，欧洲三流四流的作品他都读了。

文艺欣赏能力也是基本功，艺术欣赏是要凭一点直觉，读多了能力就提高，多写文章，多作锻炼。不提出问题，不解决问题的文章没有价值。

在讲普及与提高问题时说，“如何为”不完全是普及与提高，还有体裁、语言等问题，不要以辞害意。原来讲的是普及第一位，后来本子改了，那样把提高看轻了，把错综复杂的问题简单化了。普及是否永远更为迫切？那不一定。现在的问题是代表我们国家的尖端作品不多。有的作家听不得批评，如柳青对于严家炎；有的批评是捧场，如刘金对《归家》。《创业史》写得太集中，是论文的写法，只写合作化。

晚上，看西班牙影片《瞎子引路人》，是根据无名氏小说（中译名《小癞子》）改编的，作为主人公的小孩只是一个线索，一个线索上四个结，小癞子的四次遭遇，他的四个主人的生活，多方面地记述了中世纪西班牙以至欧洲许多国家的面貌。这种结构方法，我觉得接近于中国式的，但完全相似的中国作品一时想不出来。可能是下述情况使我产生这种感觉：即一部作品虽由一人作线索串成，实际由几个可以分割的故事组成，增加或减少其中一两个故事，不能使人明显地察觉结构上有什么臃肿或欠缺。这就和《水浒》、《儒林外史》有相近之处了。据说这种写法给后来欧洲小说很大影响，如对菲尔丁，好像狄更斯也是。电影整个处理，特别带有中世纪的阴冷，也不是从泥泞的道路上，或穷酸贵族的空荡荡的房间中散发出来（其实后者还有一点仅存的温暖），而是从阴狠狠的瞎子、鄙吝刻薄的教士的心中发出的。最后，无知的人们欢送卖赎罪券的牧师的热闹中，推出一个失明的小姑娘，看到这棵北风中的弱草，人们不禁要战栗了，漫长的中世纪的严冬扼杀了多少生命啊！

上午去王府井盛锡福买了一顶哥萨克帽，后与陈引颖到隆福寺白魁饭店吃涮羊肉。火锅端上来，自己不会，看着邻座别人的样子学着吃，果然很有味；最后喝汤，尤其鲜美。下午收到立勋来信，语意恳挚，他很想出外学习，现在没有机会，就努力担下工作。

十一月十一日　星期一，晴

中国文学，首先是占主导地位的诗，不重写人物而重写景、抒情、言志，画亦不重人物。如钱杜《松壶画忆》云："画以山水为上，写生次之，人物又其次矣。"张戒《岁寒堂诗话》："言志乃诗人之本意，咏物特诗人之余事。"宋濂："世之论文者有二，曰载道，曰记事。六籍者，本与根也；迁、固者，枝与叶也。"这种情况究竟由于什么缘故？陶弘景作《图象集要》，见《南史》本传；唐时有《采画录》，见郑樵《通志·艺文略》，今并不传。古时曹不兴、卫协平工人物，后以俗工传真，此道为士大夫所不取。欧洲画在希腊的基础上。中国封建社会中，不可能研究人体解剖，甚至观察人（如妇女）亦受限制。蒙古族人松年《颐园论画》云："古人初学画人物，先从髑髅画起，骨骼既立，再生血肉，然后穿衣。"

十一月十三日　星期三，晴

下午去电影资料馆看《宋景诗》，好像是一九五八年初看过，印象是不太好。今天再看，又觉得蛮不错，写出了农民战争的特点：对地主、官家的血海深仇，复仇的烈火，使得他们无比勇敢，眼界狭小又使他们容易满足，容易涣散。但是这两方面都没有往深处开拓，似乎编导有些拘束，不敢放开去写。宋景诗稍好些，其他人物如杨殿乙等，性格就更缺乏深度。

看完电影，与李应瞻一同去科学院文学所看黄曼君，坐了颇久。黄曼君告诉我们，胡乔木同志讲，今后文学史应如车尔尼雪夫斯基的《俄国文学果戈理时期概观》的写法，而不照苏联式的作家作品论，一块一块写，结合阶级斗争形势，政治、经济分析。这种文学史才能很好为现实斗争服务。

十一月十四日　星期四，晴

李宗仁在美国沉默十三年之后，第一次对记者发表谈话，接见意大利《欧洲周报》记者奥古斯托·玛丽赛。他说道，"毛那时大约三十岁，他很少说话，但他随时都在倾听别人。他好像随时都在倾听，为每一件事着迷，我和他一起参加了几次会议，我看出这个青年人是有前途的，当所有人都说完后，他才站起来说话，用几句话就冷静地总结别人在几小时内所说的话。他很有说服力地从所有不同的观点里找出了一些共同点，使得每个倾听他的话的人都相信，要达成某种协议并不是那么困难，最后的协议几乎总是以毛的论点为基础的，但看起来又不是他的意思，而好像是每个人的意思。他把这些意见'交还'给人们，甚至交还给那些并未说明这些意见的人们。他总是非常清醒的。"

今天下午听青年创作者浩然作报告。他说，他记录素材时并不如实记录，而是按自己当时的情绪、当时可能有的想象、当时的理解，这样以后才有用。

上午接到周迪荪、王自强、范际燕的信。我给家里抄的材料还是有一点用。

十一月十五日　星期五，晴

回顾两个多月的学习，算是读了一些东西，然而到手的，消化的都太少。思想上有问题，身体上有毛病。仅从学习本身来说，研究性、探索性不够，只是被动接受，故而不深，热情也不易很高，很经常。今后两个多月，当以《讲话》为中心，先着重钻一钻艺术与生活之比较。昨晚今天看了一点资料，有些新的启发。

冯其庸老师讲“批判封建道德问题”，戏曲界和历史学界都在争论，刘节的文章谈孔子“仁”的思想的继承，冯友兰提出抽象继承；封建道德有没有人民性？这是张庚同志提出的，他已经改变了看法。忠孝节义都是为统治阶级服务的，说它有人民性的一面是根本说不过去的。道德领域的阶级斗争很复杂，大致分三个方面来说，一是，统治阶级的道德普遍地影响劳动人民；第二是劳动人民的道德影响统治阶级的某些人，司马迁赞扬游侠，说：“其行虽不轨于正义，然其言必信，其行必果，已诺必诚，不爱其躯，赴士之厄困，盖亦有足多者焉。”“虽时扞当时之文罔，然其私义廉洁退让，有足称者。”这话证明有两种“义”，“正义”和“私义”；第三，有些道德在根本上是为统治阶级服务的，在一定条件下，相对的，却对人民有利，如廉洁。廉洁根本上是为巩固封建统治，但在一定历史条件下对人民有好处。在封建社会劳动人民的道德往往与统治阶级采用同一名词，如《水浒》中农民也讲“忠义”。盗跖是农民起义领袖，有自己的道德，用的也是圣、勇、义、智、仁，与统治阶级一样的名词。我们批判地继承历史人物的某些行为，如岳飞，却不能继承其道德。

十一月十七日　星期日，阴

前天接到祥馨简短的来信，是两个月来最“平静”的一封。

今天上午看纪录片《河北人民抗洪斗争》。看完韶华的小说《浪涛滚滚》（一九六二年中国青年出版社）。这一个时期新小说看得少了，很远离实际。看姚文元的文章，觉得有点儿十九世纪革命民主主义批评家风度，能抓到时代脉搏，看到文艺现象中方向性问题。我目前当然不能做到这一点，但应该自己提出高一点的目标，常常从时代要求来看当前文艺，反映十七年斗争的作品还在幼年阶段，要积累经验。《浪涛滚滚》在艺术上没赶上《百炼成钢》，但也不错，而在表现时代风貌、精神上，似还稍胜一筹。钟叶平、苏世荣、刘德水，建设中的我国人民的性格特点被揭示出来了，改变祖国面貌的强烈愿望，给人印象较深。就是在广播站上赛诗会、理发室的广告、食堂的流水作业法等细节上，也表现了一九五八年的气氛。刘长顺虽是个陪衬人物，但有了他，把水库工程与人民群众的迫切愿望联系起来，就使作品更深刻。当然，《浪涛滚滚》胜过《百炼成钢》等以前的写建设的作品的，并不只是这些。主要是它把建设中两种思想的斗争写得深了一步。在《百炼成钢》中只是思想方法问题，在《浪涛滚滚》里，写出了世界观的斗争，写出了右倾病患者的唯我哲学，写出了这种哲学对封树凯这样的“好人”的侵蚀。在两种建设思想、两种世界观斗争中塑造了钟叶平这一个比较成功的引人崇敬的领导者形象。这更比《百炼成钢》强。可惜，人物语言，尤其钟叶平的语言太过一般化。虽然多数地方，尤其是写陈超人、魏晶滢的地方，过露过直，但也有自然动人之处。如首章封树凯接钟叶平，火车提前到，封走平直大道，钟走盘曲小道，就写得意味隽永。

听刘绶松先生讲《〈文心雕龙〉风格论》，说古代文论家早注意风格问题，但“风格”这两个字很少出现，就是偶有出现，含义和现在也不一样。他们用的是体式、风力、风骨、风趣。要是有人能编一本《〈文心雕龙〉释词》就好了。《文心雕龙》中不但很难发现佛家思想，而且很难发现佛家用语。

十一月二十一日　星期四，阴、雪

昨天上午开始下雪，今天房内开始生火，这是到北方后第一个冬天的实际开始吧。昨晚睡得很好，几天来，失眠现象开始改变。

昨天接到祥馨的信，前天接到罗伯昌、万绩钦的信，星期天收到妈妈的信。

十八日开始，迟绍庆老师开始讲列宁《国家与革命》。说，读这本书，注意三点，第一大量征引马克思的话，是为了恢复马克思主义国家学说的本来面目；第二，要强调的还是暴力革命，打碎资产阶级国家机器；第三，用阶级观点联系实际来学习。

今天下午听毛星的报告，听了后想把关于塑造艺术形象问题的笔记整理一下。昨晚睡在床上也曾想过，要打破框子，应该主要针对当代。毛星讲话时代感强烈，理论工作者也是应该有强烈的感情。他报告的题目是“新英雄人物塑造问题”，一开始说，正面人物与反面人物，是关系到作品思想性的重要问题。任何一个阶级都要创造本阶级的英雄人物，这种人物站住了，这个阶级就在文学中站稳了地位。丘赫莱依在巴黎与法国新浪潮派的首要人物夏博罗说，没有什么英雄主义；爱伦堡在苏联作家代表大会上说，区分正面人物、反面人物不应该。近几年的讨论，郭开对《青春之歌》的批评粗暴，《金沙洲》讨论中对刘柏的分析，《三家巷》讨论中对周炳的分析，《达吉和他的父亲》讨论中对两个父亲的分析，《创业史》讨论中对梁生宝现象的分析，都涉及这个问题。《红岩》是塑造新型英雄最成功的一部小说。

十一月二十六日　星期二，晴

上星期五看戏曲片《野猪林》，享受戏曲音乐的韵律美。剧本编的不见高明，最大的问题是林冲性格发展脉络不清，甚至前后不统一。林冲的性格描写，本来是《水浒》最突出的成就之一。在押赴沧州途中，林冲戴着镣铐打公差，打得二人卧地求饶；下面，林冲又不要鲁智深杀他们，虽然自己险些被他们结果了性命，甚至没有对他们有什么恼怒的表示。这叫读者和观众怎么信服呢？

星期六上午，传来肯尼迪遇刺丧命的消息，同宿舍大家发挥了中国人的幽默、讥嘲的才能，议论了一番，晚上才听到广播详细消息。

星期天去祥馨后母家，坐了两个小时，密密送过来一本《鲁迅小说集》向我介绍说："这本书蛮好，你坐在这里看，我们做功课。"我很高兴地按她的指点实行了。然后包饺子，我学会了这项技术，最后吃了几大碗。祥馨后母说："自己家里，随便些。"说得很亲切。晚上，在宿舍里，又与陈引颖、董志正烧肉吃，弄得异香满室，似乎精神上的享受比物质上的满足还要多。

星期天下午看《刘主席访问朝鲜》，朝鲜人民的友情是真挚的、深厚的、热烈的。影片编辑能放能收，不局限于大会、握手等程式，所以能较丰满而深入，有吸引力。

今天下午听胡华老师传达刘主席在科学院哲学社会科学学部扩大会议上的讲话，讲在反修斗争中发展理论，提高干部，让原来不是马克思主义者的人成为马克思主义者。要不怕自己犯错误而又勇敢地改正错误。说"二十五条"写了三十六遍，"我也参加了，写得好苦！"刘主席说出这话，就显得特别有力量。要有理论创造，深刻地全面地概括实践，不痛苦，不失眠，怎么可能呢？我就是缺少这种"苦"的经验。刘主席还讲了国际形势，分析中苏关系，世界左派力量的集合。

十一月二十八日　星期四，晴

昨天听袁水拍同志讲课，他讲的是"批判以叶夫图申科为代表的苏联修正主义诗歌”。他说，叶夫图申科的诗，是文学方面修正主义的标本。叶今年三十岁，去年春天苏共批评文艺界一些现象，使他国际闻名。苏联文艺界如此堕落，明明是苏共搞出来的，叶夫图申科的诗有时是赫鲁晓夫亲自指定发表，他们也自称站在二十大精神潮流的先锋队里。南斯拉夫认为叶“在苏联诗歌界发动一场政变”，美国和平队把叶的《自传》作为必读材料。他们通过反对肃反来反对无产阶级专政。叶在诗中写过：“如果枪毙我，就是枪毙了两个人。”一个诗人，为什么会有这种感觉？他的妻子全家死于集中营，他的祖父一九三八年因叛国罪被捕。他通过攻击斯大林反对党，反对马列主义。《斯大林的继承者》，点名骂霍查，影射中国。他在一九六一年写的，编辑部不敢发，一九六三年赫鲁晓夫命令《真理报》立刻刊出，掀起反华、反阿尔巴尼亚、反斯大林高潮。他要求个性解放、自由平等，反对社会主义，宣扬和平主义，反对革命战争。他的所谓“哲理性的抒情诗”，可以概括为三句话：“人对人要温柔，人跟人相互类似，人首先要成为自己。”他的朗诵有十万人听，诗集一次印刷十万册，几天卖完。我们批判他是引起警惕，防止在我国出修正主义。

今天下午传达周扬同志在科学院哲学社会科学学部委员会扩大会议上的报告，我怎么把这些新的精神贯彻到学习中去呢？思考一阵，仍然毫无头绪。

周扬说，现在正进行关系人类命运的大论战，哲学社会科学的任务是配合国际上的反修斗争，配合国内社会主义革命。

接到思维来信，告诉我转正未批，这几个月发地区补贴，国家这种照顾，使我为之心动。

十一月三十日　星期六，晴

昨晚看西班牙影片《影子部队》，表演、摄影技巧较高，但在看电影时，觉得我们有些人对西方进步电影未免有点迷信。他们的题材、技巧、人物其实是有一个越不出的圈子。厌弃了空虚、腐化的生活而要新生的舞女罗拉；挨饿几个月的青年画家，患了肺病，临走前希望有一个女人能爱他……这些不有点面熟吗？甚至我国“五四”以来的电影、文学中，也有过这类面影。它们带来的只是一声叹息，而又以玩世不恭的态度自慰，如斯而已。

十二月二日　星期一，晴

星期六晚去中国文联大楼，看格拉西莫夫编导的《人与兽》，随想录式的，一任编者之意而不顾观众之苦，故使人觉得其杂乱无章。为卑鄙的求生的叛徒哲学辩护，不仅让巴甫洛夫自己在回忆（长得可厌、多得可恶的回忆）里，在对话里，傲慢地为自己辩护，而且通过一个女青年（坦纽莎），她先是那么娇，装束也讨人厌，后来渐渐“懂事了”（外婆的话），也严肃起来，外形比上半部里好看些，不那么刺眼。这是不是要说明巴甫洛夫的身世的感化力量？他说过，应当让那些年轻人知道那些残酷的事。他们要给青年的就是这种传统：知道人对人的残酷，懂得人的虎性、狼性、兔性和鼠性，把叛徒之类的人写得深沉、坚韧而以极端庸俗的人作为坚持原则的人（巴甫洛夫的嫂嫂，比高尔基、契诃夫笔下的小市民更可憎万分，叫人发腻），这种笔法恶毒之极！

星期日上午，独坐宿舍，阳光射来，在收音机轻轻音乐声中看书，惬意之极。中午与万钟在北海闲坐。归来，给妈妈写信拜寿，寄去照片和钱。

今天上午听李希凡报告，印象颇好。他头脑清醒，有主见，又不猖披跋扈。

李希凡说，在古典文学研究领域，二三十年代左翼顾不到这个，胡适则开始很早，比封建士大夫进了一步。古典文学研究的作风、观点等，都是胡适派的，鲁迅的《中国小说史略》也受到影响，俞平伯在新中国成立前不讳言自己是胡适的弟子。周汝昌《红楼梦新证》在考证上贡献较大，虽然把胡适骂得狗血喷头，方法也还是和胡适一样，繁琐考证。后四十回没有前八十回那么丰富，是单调了些，但人物基本上符合原来性格。新红学否定后四十回，不是从社会意义上看，而是从艺术上搜求证据。胡适提出大胆的假设，小心的求证，实际做的还不过分；俞平伯做得过分，分割艺术形象。去年《文汇报》不负责任地发表消息，说“发现大观园”。那里原来是王府，和珅住过，能帮助我们理解作品，但不能和作品里的大观园等同。我们只是看出新红学的一些问题，至于批判运动，个人当时是没有认识的。陈翔鹤带我们见冯雪峰，说：“文章很尖锐，但很粗糙，我要帮你们修改。”《红楼梦》反封建与以前不同，明末中国社会发生变化，出现大量有体系的新思想。我们文学史上很少有悲剧，《红楼梦》是最完整的悲剧。《水浒》、《西游记》结构不完整，《红楼梦》有完整的结构。要了解《红楼梦》语言的成就，最好看八十回校本。高鹗改成完全的京白，改坏了。《红楼梦》另一特点是意境的创造，这和作家的绘画修养有关。最近发表的几篇文章，茅盾、张天翼是所谓的“市民说”，何其芳主张是“历史上叛逆性格的继续”，蒋和森的意见比较中间。

上周给立勋写信，讲到李希凡比姚文元能更深地掌握文学的特性，对几部作品有深入的了解（这是孙子威老师也说过的意见）；而姚文元比李希凡有较高的批评眼光，对文学与时代的关系感触敏锐。后者是我的一个发现。后听胡华传达刘主席的讲话，说理论家要能做党委书记，深入实际，更巩固了我的想法。

但我的生活限制了我，先天的弱点是很难克服的，随时清醒地记住弱点，尽现实的可能做些弥补吧。所以我急着要参加社会主义教育。

读艾明之《火种》已过一半，能吸引人，把你吸引在主人公多舛的命运上，时刻为他担心，这是编织情节、故事的功夫。人物语言太一般化了，叙述语言中有时故意找些冷僻的词，最大的缺点还是缺乏含蓄，对马介民第一句介绍就让人知道后面要写的一切，女子"认识了马介民"，对方的能言善辩，风流倜傥很快就赢得了她的好感，接下去的描写证实我开初的预感，每一点都符合前面的预测。读《火种》过程中我常想，倘若这是写工人的第一部作品，那自然是非常之好的，但事实上它已经是第若干部，这就不新鲜了，打动人的力量就减半了。

十二月三日　星期二，晴

章学诚《与汪龙庄书》："近日学者风气，征实太多，发挥太少，有如桑蚕食叶而不能抽丝。"

十二月四日　星期三，晴

上午，接到祥馨来信，说明回九江时没有陪妈妈住几天的原因。看信后，心里老大的不舒服。下午急速地写几个字发了回信。我怕又说什么傻话，惹起风波。这些讨厌的琐事，抛掉算了吧。

以后争取多给妈妈写信，布票发来，给妈妈买布。

十二月六日　星期五

今天，陈友琴先生讲《唐代几个重要诗人的文学观》。他说，唐代没有《文心雕龙》那样系统的文论著作，皎然《诗式》、司空图《诗品》、遍照金刚《文镜秘府论》，谈诗法，重技巧。我们要讲的是靠近现实主义的那些意见，陈子昂，李白、杜甫，元稹、白居易，五个人用一条线贯穿起来。研究诗人的理论观点要联系他们的作品，但创作和理论也有矛盾。宋代葛常之《韵语阳秋》说，李白得之于雅（“大雅久不作”），杜甫得之于骚（“骚人嗟不见”），这是从理论见解看，而不是从作品中得出来的。有人说李白《古风》五十九首模仿陈子昂《感遇诗》三十八首，陈子昂模仿阮籍《咏怀》。但模仿中有创造，章法多异，他们在主张反映社会真实，反对形式主义上是一致的。说李白是浪漫主义，杜甫是现实主义，太笼统。陈子昂、李白主张复古，是复风雅比兴之古。厚古薄今不对，但也要看厚的、薄的是什么。厚马恩之古，薄赫鲁晓夫之今，就是应该的。复精华之古，代表人民之古，有什么不对！陈子昂生当武则天前后，文学上多是应制、奉和，无聊的东西，他出来提倡复古，真了不起。平心而论，陈子昂不如三曹、王粲，他还有自知之明，说“曾无阮籍之诗”。关于兴寄、风骨，风和骨要结合起来，郭绍虞把两者分开了，不准确。罗根泽说陈子昂提倡风雅诗，不对；这是传统，不止陈一人。如果提到“风雅”两个字就是提倡风雅诗，那提倡的人就太多了。陈、李有浓厚的道家思想、纵横家思想，诗坛因他二人而风气转变。杜甫讲艺术性多，没什么进步的文学理论，所以以后形式主义者也宗主杜甫。一九六二年六月《文学遗产》有我的论杜甫文艺观的文章，可以参看。陈李杜为元白开路。“歌诗合为事而作”，“事”指社会事件，这是直到元白才明确提出的。元稹《上令狐相公诗启》说“不敢陈露于人”，远不及白居易“不畏权豪怒”（《寄唐生》）。白居易的《策林》是给皇帝的谏议，不能算真正的文学批评，不能说心里话；《与元九书》是心声。对浪漫主义认识不足，是白居易的文论的明显缺陷。

十二月七日　星期六，晴

昨晚看电影《献给检察官的玫瑰花》，西德片。细节运用和心理描写结合很好。巧克力糖凡三次出现：第一次，要为两块巧克力判小史密特死刑之时；第二次，为了“小人物与大人物相撞”，小史密特得不到人支持，女朋友为这事也只好和他分手，踯躅街头，看见橱窗内的巧克力，怨怒难耐，砸碎玻璃；第三次，检察官行使家长权威，奔到继子房内，猛捶桌子，跳出一块巧克力，顿时气馁下来，他又想到了对他的严重威胁。后两次出现，有前面的出现做基础，配合当时人物遭遇，使观众深切体验到人物心绪内里的各种因素。这样，作品感染力说服力便大为加强。检察官神思恍惚中提出公诉时，总检察官和他的继子先后走进法庭，更使他心慌意乱。回忆第一次审小史密特，以至这次也不知不觉说出“判处死刑”。这也表现得极自然，令人信服。摄影上有个最有趣的地方，最后小史密特搭上去汉堡的汽车，从车前镜子里看到女友追来，他下车来，我们从镜中看见两人越走越远，人像越来越小，最后剧终。在西德拍片，自然只能攻击个人，不能触犯统治集团。但作者不限于从小史密特一人来揭露检察官，而先写了教育部委员是纳粹分子，受到检察官庇护。这不是没有意思的吧。

上午给孙子威老师写了一封长信，报告三个月学习情况，顺便自己也回顾了一下，最近，把正在看的小说结束它，把《红楼梦研究》批判做个小结（已粗略想过），好好复习《讲话》。

十二月八日　星期日，晴

下午去工人体育场看足球，乌拉圭对北京青年队。近十年来，看球都没有这么兴奋激动。我们国家赢了一球，三比二。旁边一个小学生激动得大喊大叫，我也站起来了。是盛思明送的票，他有熟人在《体育报》，票是最好的位置。

看完了《归家》，技巧较高，语言是经过锻炼的，但有些地方写得太可厌了，就像莎菲女士的恋爱，读者也真像吃了一个苍蝇，简直是糟蹋人物，魅惑读者。作者兴趣何以这样低下？感情何以这样猥琐？我想，除了作者主观上的原因之外，游离思想的形象是个原因。于砚田教授进村那一段，简直叫人不愿再读下去，非常恶劣的笔墨！批评家怎么能为这样的作品叫好呢？

十二月十日　星期二，晴

星期六晚上与史如北到灶温饭店吃宵夜，吃了一碗馄饨，喝了四两葡萄酒。在武汉从来没有在外面餐馆吃过一次，觉得很新鲜。回来给祥馨写了一封信。

昨天下午看电影《野火春风斗古城》，王晓棠演金环、银环姊妹二人，因为性格对比较鲜明，所以能得到好的效果。这是一条艺术规律，曾经被文艺工作者所总结（梁斌、陆柱国）。为什么金环引人崇敬，而银环的形象在艺术上较为软弱呢？按说，电影中金环形象也有些缺点，稍微矫饰了一些，泼辣有余。小说中那一封信起了多大的作用啊！它把原来不曾说明的东西点出来了，使人物性格大大深化，电影中却只写一句。是不是有小说描写的帮助，对电影形象起作用了呢？这是欣赏理论中值得研究的问题。电影中银环与杨晓冬在有无之间的爱情，是不必要的，有损无益，并未丰富人物性格，作者没有也不可能去展开，去写人物这方面的心理。银环在杨母面前的扭捏，给人印象不好，又没有心理依据。

昨夜看《悲惨世界》至十一点，芳汀的沦落，尤其是她卖去两颗门牙的场面，读着心头发胀，窒闷，愤怒。商马第案件中冉阿让的斗争使我们跟他一起经历这场风暴，没有着力写环境，就这两个人物，写出了社会的全部罪恶，写出了法律的冷酷，资产阶级、小市民的残忍和无聊。本书与《复活》是多么不同啊，但在思想上它们是亲兄弟。

十二月十二日　星期四，晴

早起，枝头重霜如微雪，两耳触寒气而痛。

昨天下午看阿根廷电影《中锋在黎明前死去》，舞台剧本是一九六一年夏天看的。暑热中坐床看书之景，恍若目前，已是两年半前之事矣！电影利用其技术条件，渲染了中锋对足球的喜好及观众对他的拥戴，这样为后来被禁锢做了铺垫，突出了“要自由”的主题。

十二月十五日　星期日，晴

昨天上午接到祥馨的信，写得很好，她的思想逐渐开朗，而我的身体不好，最近常常极为伤感，欲自节制而不能。昨晚在民族文化宫听独唱音乐会，王玉珍唱《没有眼泪没有悲伤》，那充塞宇宙的豪气，真叫我感动又惭愧。她唱“砍头只当风吹帽”时，用手一掠头发，身子微微后仰，把我一切琐屑情感都驱净了。湖北民歌，把我引回我的第二故乡。这一晚，真体会到古人为什么那样重视音乐的力量，真是摇荡性灵的。才旦卓玛“唱支山歌给党听”，我觉得自己和她一起把全部心灵呈现在慈母一般的党面前。特别在“给党听”三个字前，她渐渐漾起虔敬的笑容，整个沉浸在一种倾慕崇敬的情绪中了。几个人同去，事前我在王府井买的票，第五排中间，位置非常好。

前夜看总政文工团演《叶尔绍夫兄弟》，不如武汉话剧团的演出，阿尔连采夫演得轻飘飘的，如浪荡公子。

十二月十六日　星期一，晴

“我们给人的欢乐，有那样一种动人的地方，它不会像一般的反光那样总是较弱于光源，它回到我们身上的时候，反而会更加辉煌灿烂。”（雨果《悲惨世界》第六八八页）

上星期六收到范继燕来信，说：“你是渴望学习的人，你是善于学习的人。”读着不免脸红，难道我真变懒了吗？身体！今天去看了医生，毫无效果。

读完《悲惨世界》，冉阿让、芳汀和沙威三个人物写得最成功。冉阿让动人心处，在他十九年监牢生活，仅仅为窃取一块面包而坐十九年监牢。和鄙吝可憎的酒店老板德那第相比，沙威这个形象蕴含了更深的社会内容，这条“忠诚”的猎犬，丧失一切人性的猎犬，代表了法律的冷酷。卡福汝主教以及作为马道兰先生的冉阿让，很少艺术说服力，是头顶光圈的人物。

十二月十九日　星期四，晴

很久以来，学习缺乏严密的计划性，懒散，浪费了许多宝贵的时间，糟蹋自己的青春，好像没有多少时间观念了。花钱也变得不在乎，随意挥霍，每月没有结余。思想上对自己不加约束。

对于疾病，一味退让，总怕身体垮了。

一切要重新来过，从头做起，珍惜一分一秒。

对于可恶的身体，要斗争，蛮干，不理会它的抗议，强迫它工作。

二十六号以前，不再出门去任何地方，关在学校里。新年之后，也不再去任何地方，要挽回损失，尽力弥补。

十二月二十二日　星期日，晴

明代笔记《泽山笔记》：“景清倜傥尚大节，领乡荐，游国学。时同舍生有秘书，清求而不与。固请，约明旦即还书。生旦往索，曰：‘吾不知何书，亦未假书于汝。’生忿，讼于祭酒。清即持所假书往见，曰：‘此清灯窗所业书’。即诵辄卷。祭酒问生，生不能诵一词。祭酒叱生退。清出，即以书还生，曰：‘吾以子珍秘太甚，特相戏耳。’”景清是明洪武年间的御史大夫，是永乐政变中殉难的杰出人物。

十二月二十三日　星期一，晴

几天来，学习情况较前为好，身体也好了一些。

等祥馨来信有好几天了，还没等到，很烦，很急。

前天晚上打乒乓球，后看别人打牌至深夜。同室六人煮面吃。昨天上午，老史掌勺弄菜，南扣肉做得漂亮，大家吃得很痛快。派我到萧枫老师家借购物本买佐料，萧老师说不必买，送了一些给我们。

十二月二十四日　星期二，严寒、晴

昨天下午刮起大风，今早起来，寒气逼人，据说最低已经到了零下十三度。

对这两天的情况很满意，享受到读书之乐，怡然自得。今天收到祥馨来信，更使我心情愉快。

十二月二十六日　星期四，晴

昨天开始听讲列宁《无产阶级革命与叛徒考茨基》。

读何其芳《关于现实主义·序》，原来读胡风的材料，跳不出来，被抽象的词句迷惑了，不去追字句后的实质，不仅读反面材料时如此，自己思考问题时也有这种情况。单强调作家深入体验人物，对象化，单强调作家感情的真诚，这是很危险的。

祥馨信上说，我寒假不回家，她一定和妈妈住在一起，向妈妈学烹调，陪妈妈检查身体。

今天上午去王府井百货大楼，给祥馨买了一条棉毛裤，是日本产品。

十二月二十八日　星期六

听侯金镜同志讲课“从话剧看文艺现状”。他说——

现在整个文艺是话剧带头。文艺工作会，文联主席团扩大会议，提出任务，文艺要参加重新教育人的工作，参加社会主义教育，防止修正主义。小说没有能很好地完成任务。从去年以来，文艺上最吸引群众的是《霓虹灯下的哨兵》、《年青的一代》，话剧的经验是，提出了观众最关心的问题，也是他们容易忽略，或不容易深刻理解的问题。

一个是作家的敏锐性的问题，一个是作家的战斗责任感问题。小说很少有在社会上产生强烈影响的，高缨的《鱼鹰来归》也不能与话剧比。像《不能走那条路》、《李双双》、《耕云记》、《沙滩上》那样的作品，现在没有。李准的《进村》，语言、气氛渲染不错，作家自己说有意回避农村阶级斗争的描写。应当承认，作家写阶级斗争确有困难，怎样反映国内阶级斗争的新形式？陆定一同志讲了阶级融化的问题。面对面的尖锐斗争也有，但大量是阶级融化。李雪峰同志讲是阶级渗透。我介绍同学们读姚文元的文章。阶级斗争不是壁垒分明，是犬牙交错。《年青的一代》作者开始想把林育生处理成服从毕业分配与否的问题，在很多人帮助下，提到中央提出的重新教育青年的高度。反右时，个人名利思想是赤裸裸的，反党反社会主义。现在人民内部思想斗争形式也改变了。林育生的思想就是：“难道社会主义不是为了把每一个人的生活搞好吗？”我对剧本的语言不满意，多是报纸语言；人物出场缺乏根据，是作者推出场的。但这些语言在剧场里发生了很大作用。这并不证明艺术语言不重要，而是证明作家抓住了社会生活的重大矛盾，又把握到矛盾的特点，即使艺术上差一点，也能抓住人心。《霓虹灯下的哨兵》是比较难以解释的现象，写解放初的事而能抓住人心。作家借过去的生活提出当前的大问题，不要忘记阶级斗争。我们学文艺理论，过去只注意文学，这样有时就不能深刻理解文艺思潮。周扬讲推陈出新是普遍规律，不从戏曲就很难深刻理解。文艺上常常是一点突破，一九五九年是电影，一九六三年是话剧。研究文艺理论要视野广阔。听说毛主席最近很重视曲艺。我们调查了一个县，曲艺听众比电影戏剧观众总数还多一倍。

十二月三十日　星期一

星期六收到祥馨的信，我上次的信，说身体情况，真无必要，以后少讲这些事。

近日常昏昏沉沉，读书只明字义，不知是什么缘故，只有从休息着手。连续失眠，苦恼得很。

孙老师写了信来，对学习提出了要求，要仔细考虑。

星期天去岳母家，款谈甚洽。炉火融融，细语喁喁，似觉较以前更亲切多了。

一九六四年日记

元月一日　星期三

今天是一个很好的晴天。上午，大家出去看电影，房内清静。在和煦的阳光照射下，我很惬意地读书，听广播。

下午去岳母家。

中午收到刘家琦、颜其照和祥馨父亲的信。

这两天过得挺好，是好征兆。

中午在东四书店买到《毛主席诗词》，步行，过美术馆前，过北海桥，去西皇城根岳母家。一边走一边读，特别喜欢《满江红》，咏冬雪的七律也非常好，“独有英雄驱虎豹，更无豪杰怕熊罴”。在路上边走、边读、边背。

元月二日　星期四，晴

下午听国家体委张联华同志的报告，讲新兴力量运动会情况，蛮有趣味。

今天上午读书很好，这几天学习渐渐走上正轨。

元月六日 星期一

星期六小雪，地上铺一层寸许的白毡，空气顿觉清爽。当晚在家看书，这是来京后利用得最好的一个周末。

星期五收到祥馨来信，接信有两封了，还没有回信。

昨天带密密、定定去美术馆看展览，白石老人草虫画得最好，翼的薄明，脚的多节，真不知他如何做到的。有些题跋表明了很好的艺术见解，如说“画藤不易乱，若茎叶可数，则不成藤矣”。这里有布局的道理。

元月八日　星期三，晴

结束了对批判胡风材料的阅读，写了一篇笔记，准备以后修改，扩充正面论述，以与《讲话》学习联系起来。从批判中学习，感到有问题可钻了，这样学习比较有意思。

其他学习内容也得清理，弄出个头绪来。

前些时读《中国历代文论选》，对于古人的含蓄理论很有兴趣，这关系到对文艺特点的认识，又与封建士大夫的风格观密切联系，与中国文艺某一方面的传统也有关系。

今天赵树理同志讲课，首先讲普及与提高。他说，文化水平和欣赏水平有关系，但不是一回事。群众是文盲，但不是社会盲，不是艺术盲。在某些艺术形式上，农民的欣赏力比高中生高。有农民说《白毛女》“松”，是和戏曲传统比较而言。戏曲音乐场接场、调接调，有节拍和没有节拍的两者之间需要过渡，有一定的方法，有“叫板”，有“煞”。不能说，给劳动人民写东西水平就要低。小孩子吃东西的水平低，吃不了回锅肉，坏妈妈塞一块白薯，好妈妈给牛奶吃。“五四”时，一度把欧化作为艺术性的标准，其实知识分子也不用欧化语言说话。第二讲怎样深入生活，回答三个字：“做主人。”不要只抱不哭的孩子。最后谈到他最近在写的《卖烟叶》，介绍故事情节讲了蛮长时间。

元月九日　星期四

下午再去看齐白石画展，这次看得较细，对一些技法有所发现，很多东西（如虫脚、蜂翅）真是“成如容易却艰辛”，但对构图却不能玩赏——看绘画而不能欣赏构图，真是太可惜了！

版画展览中水墨画式的木刻太多，真正讲究刀法的木刻何其少！所以我特别喜欢赵延年的几幅，尤其是黑人少女攥石欲击，眼中杀气逼人。

走过齐白石画展的两个馆，深切感受到农村的清健之风，毫无脂粉腻味（少数有隐士的飘逸）。所谓劳动人民感情，亦如盐置水中，此不足为乱贴标签者道也。

元月十二日　星期日，晴

上午和朱一之、孙振笃去天安门、中山公园照相，回来时已是两点，接到祥馨的信。她除夕并未写信，是二号写的。前几天等她的信，等得发急。最近心绪不太平衡，应该注意。

昨天接到李步青叔叔的信，老人对我，每信必回，对学习、身体，谆谆劝告，实在是很可感的。

昨晚看电影《朝阳沟》，真正叫人喜欢的是栓保妈这样一位朴实无华的好长辈。我们的母亲总是在无语的爱，因为她们的感情是不能用语言传达的。

《朝阳沟》接触到一些矛盾——银环妈的阻挠，银环自己的动摇，作家看到了矛盾，但只看到矛盾的表面，不能深一步，便轻轻地把它解决了。几句话可以解决一个人由于经历、出身而长期积累、必然产生的问题，作家为什么不肯再深一步呢？银环妈的一封信，那是安排得很好的，正当银环受到姑娘们的取笑，又感到农村生活单调的时候，母亲的关怀来了，送来东西，送来“温情”，这是很细致很生动的地方。可是下面完了，老支书几句话，就使她“想转来了”。回城路上，她想起来时情景，这里本可很好地写一写思想斗争，写出两方面争夺一个青年。

元月十五日　星期三，晴

上午听陈荒煤同志报告，下午听邵荃麟同志报告，都是讲得非常之好。我们文艺界，对社会主义文艺的规律，开始了有成效的探索，在中央指导下，开始自觉地掌握这一规律。

昨晚看电影匈牙利影片《军乐》，德国片《哈蒂发》，今天看国产喜剧片《幸福》。

今天收到祥馨的信，上次写信随便开个玩笑，说我对她的信失望，她生气了，真不该开那个玩笑。

元月十六日　星期四

今天，马可同志来讲音乐的民族化、群众化问题。他说，这两天在天安门前现场教唱，想起抗战时期，延安是歌咏之城。聂耳、冼星海歌曲的目录，就好像中国革命的编年史。聂耳的作品第一次出现劳动人民的形象。赵元任的《劳动歌》是资产阶级观点，“你耕田，我织布，他盖房子大家住，哼哼，哈哈”。吕骥、冼星海发扬了聂耳的传统。一九三七年下半年到一九四二年整风前，延安专业音乐创作是个低潮。音乐盲目崇拜西洋，讨论“聂耳是方向还是黄自是方向”这样的问题。群众说，音乐系哭爹叫妈，戏剧系装疯卖傻，美术系画他爸爸。一九四三年春节开始了秧歌运动，没有《讲话》就没有秧歌运动。新中国成立以来，学习苏联，普及提高分家，说从《白毛女》进到《茶花女》时代。有些老干部听苏联专家的课很感慨，工农兵变成四大件，和声，曲式，复调，配器法。《外国名歌二百首》，印了三十几万册，一半以上有问题。去年批判德彪西，有权威到《文汇报》发脾气，说：“你们丢了中国人的脸，你们听懂了德彪西吗？”冼星海就是跟德彪西的大弟子学的，回来写的东西群众不欢迎，改变方向才写出好作品。

元月十八日　星期六，晴

昨天看戏曲片《武松》，演得不好，表情单调，武松只显得杀气逼人，和武大一起不见兄弟之情，和施恩一起不见朋友之义。剧本很差，小说中许多生动的细节没有了。打虎在小说中是摇曳生姿、变化曲折而又有气势的，在戏里却只是个过场，而在十字坡，却无必要地摸打了许久。

电影《军乐》剧本不高明，但也让人深恨冷酷的旧军队、旧制度。虚伪透顶、卑劣透顶的斐迪南中尉，写的还是不错，演员那双浑浊的迷眼，真是让人厌恶透了。斐迪南的对立面是医生和勤务兵两个，不免影响结构。从思想上说，这两个人都写得不深，又缺乏引人同情赞赏的品质，因此电影调子非常低。

看《幸福》，非常生厌。人民需要娱乐，需要喜剧，我们的好喜剧太少了。这也难，在引人发笑中推进情节、刻画人物，很难。

元月二十三日　星期四，晴

今天何其芳老师讲课，回答我们学习《讲话》提出的问题。一，关于生活真实和艺术真实。从英文翻译恩格斯的文章，真实、真理、真实性，是一个词。生活真实不能等于普通的实际生活，而是全部生活的全部真实；不能笼统地讲艺术真实高于生活真实。大量作品没有充分反映生活真实，有的作品比局部生活更高，整体比，就不好说谁高谁低。为什么伟大的作品总也研究不清楚，因为它像生活一样丰富、深刻。二，关于典型的个性和阶级性。把人放在一定的范围，就有一定的共性。阶级性当然是最重要的共性，现在的困难是把共性看成只有一个。阿Q有多种共性。文学作品对某个人的特点，常常从一个方面去表现阶级本质。写全部的阶级性很难，写带阶级性的全部人性更难。说典型是共性和个性的统一，不解决任何问题。三，艺术性、艺术标准，它们的关系。艺术性是指形式在艺术上达到的程度。鲁迅讨厌徐志摩的语言，马克思讨厌夏多布里昂的语言。夏多布里昂写得很有气氛，很抒情，他把反动的内容艺术地表达出来。波德莱尔革命诗写得不好，悲观的诗写得很有情调，如“世界像一个病床”。四，关于“两结合”。不要讲什么是主导为好，结合有不同情况。五，其他。甲，马恩列斯是否讲过普及与提高？我的记忆中是毛主席第一次突出提出，但列宁也有这个意思。法捷耶夫对我们说，苏联不存在这个问题，一般人都能读小说。乙，对古典遗产继承，形式方面多一些。丙，推陈出新的提出不仅因为内容和形式的矛盾，“陈”，首先指内容。丁，民族化和群众化的区别。不民族化就不能群众化，有了民族化不等于群众化。戊，山水诗的典型性、阶级性。

星期天万钟来玩，陪他从故宫穿过，由北门进，天安门出。

晚上看电影《神童》，西德片。后半段一对青年夫妇的生活写得很好，贫贱夫妻百事哀，他们却过得和谐亲密，特别是在楼上富裕而孤独的房客凶恶的斥骂声中，更衬托出这两个人的美。影片从希特勒上台前写到二战之后，反军国主义思想表现得强烈而又比较深刻，警戒不关心政治的人们，及时起来打击反动势力。羽毛既丰，他们就危害滋甚了。印象中影片的语言，尤其是旁白很好，冷隽幽默。最后，让那个老纳粹跌死，旁白“他再也上不来了”，“可惜没有足够的坏电梯来收拾这些坏蛋”，就是一例。把“堂皇的”东西稍加歪曲，给以致命讽刺。像表现市长等骗人的滔滔不绝的演说，只拍嘴部一张一合的大特写，旁白“市长讲到德国民族的荣誉，等等，等等，讲到科学的伟大，等等，等等”，喜剧手法很成功。

星期一，开始对《讲话》逐段做笔记，感到《讲话》的细致、丰富，以及文字的准确，一字不可移易。

今天下午看电影《春莺展翅》，是杂技节目，唯有舞狮最好。同时看《夺印》，不如看剧本时激动，有些地方戏剧性不强，语言尤其缺少“动作性”。如兰菜花送元宵一段，许多人冷眼旁观地看何文进怎样动作，应该是个扣子，但何的话极平淡。有的地方，太像做戏，许多事一下凑起，放在舞台上尚可，在银幕上格外不自然。无论如何，这确是写阶级斗争的好戏。何文进和陈景宜两个对立形象写的都还好。

元月二十六日　星期日，晴转阴

晚上去大华电影院看《飞刀华》，看得很激动，几次热泪盈眶。他们遇到那么多的灾难，可是多么义气！患难中人的感情像明珠一样晶莹剔透。耍霸王鞭被流氓暗算，打到母亲身上，妈妈到后台扒开衣领，孩子跪到地下哭了，我在座位上也仇恨得攥紧了拳头。很多细节浸透父亲的慈爱，儿女的柔情。少杰卖刀，素兰卖耳环赎回刀来；结婚时父亲把耳环悄悄放进梳妆盒，都是感人至深的。

偶然想到，为什么飞刀吸引人呢？为什么飞刀必须有个人做靶子才吸引人呢？——艺术在于克服困难，造险而后破险，便能吸引人。杂技很大一部分都是这样。

元月二十八日　星期二

快要回家了，心情有些不稳定，杂念纷起。昨天借来《春天的报告》，希望以人民群众生气勃勃的斗争激励自己的志气。

复习《讲话》颇有收获，但如思想单纯些，一定能学得更深入得多。还剩下好几天，一定要过得好。

元月三十日　星期四

从去年九月到现在，把《水浒》又看了一遍，看到后半本，对于宋江抬高卢俊义、关胜之辈，而比较地冷淡了、简慢了往日兄弟，压抑了他们的气势，感到非常痛心，恨恨不已。但只能承认这是历史的真实，是深刻的悲剧。宋江不是叛徒，他俨然以众兄弟最大利益的代表出现，自以为眼光远大、识大局，其实不如李逵远矣！看宋江对各种人的不同态度，对什么人下拜，对什么人亲自解缚，"喝退"的又是哪些人？……可以想见，即令宋江果真做了皇帝也不会果真"异姓一家"，"都一般儿哥弟称呼，不分贵贱"，贵贱是很分明的。我们的一些历史题材作品，令人感到不很真实，有些把古人现代化，关键并不在结尾的进军场面、彩旗招展等等，而在整个作品没有写出这样的悲剧性。

《水浒》艺术上的最大成就就是人物描写，有那么十来个人物写得非常之好。下学期将分别写一些短文，深入领会一下。结构上较差，接榫处痕迹分明，写战争大不如《三国演义》。

今天极冷，下午上街买果脯等东西，脸都冻得麻木了。

晚上看完了剧本《祝你健康》，真正是深深地触动了我。丁少纯，确实很纯，但他向下滑，滑得多快，多"顺当"，多"自然"！一切行动好像都蛮合乎情理。他遇到的都是生活小事，他对这些事的态度都算不了什么大错，但是集中起来，不是很明显地可以看出他在朝什么地方走吗？我不能不想到自己的方向、道路。

元月三十一日　星期五，晴

《祝你健康》的一大特色，是善于挑选极平常而蕴藏巨大思想冲突的细节（打野鸭，丢钥匙，做料子衣服等），极自然流畅地把这些细节组织到一起。这样一种手法是为反映思想上阶级斗争新形式的表现要求而产生的，是一种很有生命力、有前途的创作手法。

二月二十三日　星期日，晴

二月二日晚去祥馨后母家辞行，吃了一顿饭，岳母还给了一些馒头，带在回家路上吃。

三日早七点二十分，乘京武直快（三十七次）离京，上活动电梯，比上次细致一点地观赏了车站巨大的结构。和丁琳同志同路，一路闲谈，倒不寂寞，他在郑州下车。四日早九点二十分到武汉，赶往粤汉码头，船刚开，遂在冷风中啃硬得成粉的馒头，看《香飘四季》。船到徐家棚，路不熟，故觉得特别远，到际燕家，休息一会，吃饭，榨菜丝炒肉，极可口，现在回想起来，春节在家也没有吃到这种好菜。下午到昙华林，与孙子威老师谈话中，他叫我不仅注意学习知识，更要注意培养独立工作能力，学习别人的治学方法，这一点提示是非常之好。晚上睡在王自强那里，与他谈心。

五日乘江华轮离汉，在船上与一大冶煤矿工人闲谈甚洽。晚上近十时到九江，上岸后走不远，便遇到匆匆赶来的祥馨，穿绛绒短大衣。妈妈临时借住在对面秦家后房，腾出屋子给我住。

十日傍晚与祥馨访程培新不遇，微雨中游新公园。

十三日与祥馨至五里桥给父亲扫墓。

十七日大雪压城纷飞飘洒，踏数寸之厚雪游新公园，在高坡雪地用树枝大书“雪花大如席，高处不胜寒”数字，为祥馨摘腊梅花插于绿围巾旁。

十九日夜，夜中观雪于甘棠湖滨，两人感情此时深蕴而表现为静态。

二十日，将上船，吃饺子时母亲、祥馨和我举箸不能下，默然良久。登船后，在民众轮上给祥馨写信，到武昌后即发了。乘二十二日武京直客（六三八次）离汉，想读书的心情渐浓。离情别绪渐淡。此次分别，心情一直很稳，似乎列车是离开柔情之乡，开往知识之国。

母亲身体不好，老年人爱啰唆的习惯渐渐染上。我对她作为人子是惭愧而想极力报答，同时也不满于她思想更加落后的情况。

二月二十四日　星期一

今天，郭小川同志来讲《关于报告文学》。他说，去年春天开过报告文学座谈会，大家对什么是报告文学有不同意见。我觉得主要是两条，它有新闻性，纯粹写历史的不叫报告文学。要把它和传记、回忆录区分开。报告文学传到中国是在“左联”成立前后，那时写的都是真人真事，抗日时期刘白羽、华山写的也是真人真事。报告文学经典性的作品是《震撼世界的十日》，高尔基提倡，就在世界传开了。概念搞乱是苏联的奥维奇金，特点是揭露性的，苏联人叫特写。奥维奇金到过中国。这种东西根本不适合中国，揭露不是批评，不是社会主义性质的，报纸无论何时应以表扬为主。似乎报告文学是真假混杂，引起混乱。徐迟的《祁连山下》写得不错，据说常书鸿本人很有意见，这实际是在写小说。有人主张真人假事，这是不行的。真事假人，一般也不必要。第二个特征是“文学”。这次中国作协编报告文学选，书店要印一百万，小说只要三十万。

二月二十五日　星期二，晴

上午看书，又清理一下书籍，昨晚系里给我们班讲了一下本学期学习安排，学习任务比上学期还要重，注重比较系统地对现状的研究，培养战斗能力，能对作品做出准确评价。这是我们必须有的能力，也是我所缺乏的。本学期读俄国革命民主主义者著作，当学习批评技巧，并积累典型问题的材料。学习《马恩论艺术》，主要学创作方法（现实主义）及其与世界观的关系这一问题。

从今天起，每天读外文，早上和下午四点以后的时间，要加点油赶上去。下午翻译，早上背生词、朗读，也读一些基本材料，俄文版《马恩论艺术》，继续翻译阿布拉莫维奇的《文艺学概论》，俄罗斯苏维埃联邦社会主义共和国教育部批准，师范学院教科书。

二月二十六日　星期三，阴转晴

到校这两天，身体很不好，很糟，但心情很好，思想状况较好。这样就不要紧，身体会逐渐好起来的。

昨夜去岳母家，她极激烈地批评岳父，出我意料。我是赞成她，同情她的，我想，这是她积累起来愤懑的发泄。祥馨，你为什么却对父亲如此多情呢？真叫我奇怪又为难。

今天收到祥馨来信，我总觉得在寒假中对她不够温情。

《西方美学史》第十五页："看戏就是受教育，它是雅典公民的一种宗教的和政治的任务。"今天听人谈起，高尔基《俄国文学史》里说，卡捷琳娜女王下令，不看戏者罚数十卢布。历来许多统治阶级把文艺用做工具，为什么我们倒没有这个自觉性呢？

今天何洛老师开始讲"恩格斯论现实主义"。他说，理解现实主义可以为理解整个马克思恩格斯文艺思想打下基础。讲法有三种：读书指导式，串讲式，分析问题式，我以第三种讲法为主。马恩用现实主义来为无产阶级服务，所以我们叫它是革命的现实主义。马恩对现实主义的重视在他们的成熟期。马恩现实主义观奠定的标志是一八八八年给哈克纳斯的信。马恩批评了什么样的作家：欧仁·苏《巴黎的秘密》，把真实的人当作抽象的概念，善和恶的代表；"真正的社会主义"的诗人和散文家，他们模糊的希望，抽象的空喊，是和现实主义违反的。马恩肯定了什么样的作家：英国的宪章派（参见袁可嘉译《英国宪章派诗选》），战斗性、群众性、乐观主义值得称道；海涅《西里西亚纺织工人》，恩格斯说，“德国当代最杰出的诗人海涅也参加了我们的队伍”；维尔特，诗中的主人公多是工人，被称为德国第一个无产阶级诗人。革命现实主义的特点：深刻的阶级性，敏锐的时代感和巨大的表现力。

二月二十七日　星期四

今天，袁可嘉老师开始讲《现代英美资产阶级文艺理论流派介绍和批判》，以介绍为主。首先讲五十年来概况，有相当大的发展，著作数量多，尤其是在美国。总的说，特点是，甲，极端的主观唯心主义，而以科学性的面貌伪装。基本理论是从社会科学借去的，如心理分析学派，字义学，存在主义哲学。乙，形式主义的技巧分析。新批评派完全不讲思想倾向，文字分析现在非常流行，小说方面的角度学派。丙，抽象，烦琐，晦涩难懂。三个阶段，一次大战之后的十年，三十年代，二次大战以来。最有代表性的是第一阶段。他的口音有些难懂。

二月二十八日　星期五，阴

这几天生活安排较好，学习效率不十分高乃是身体不好之故，下周去医院看。但此外学习也有点乱，得马上集中精力，读马恩现实主义论材料。

今晚看电影《金沙江畔》，冲突是有戏剧性的，吸引人的，然而又颇难在银幕上处理得好，要是在小说中当能大量展开珠玛的心理活动，以此侧面写出红军。在写人物上力量分散，这一点是我们许多电影的通病，不能集中力量写好一两个人，炊事班长金万德，在影片诸人中是写得好的一个。他在喇嘛庙捡回一袋米（里面放了一袋银洋）又送回去的情节，本身是很感人的，和后面去接水管宁死不向藏民开枪的情节配合起来，更有力量。政委的孩子，这一个“人物”，在情节发展、人物刻画上，也起了不小的作用，体现政委夫妻先人后己，以此感动了珠玛等等。

昨夜是元宵节，对着明月，想起亲爱的祥馨，她多半今夜也会望月的。月亮，我和她，成了一个巨大的锐角三角形。我们相隔原是很近的。寒假之后，我觉得她是一个温柔的妻子。

三月一日　星期天，晴

昨晚和今天看小说《李自成》，写得颇好。李自成一出场就相当成熟了，但小说还是写出他的提高，特别是经过南原大战、雒南屯垦，培养出政治风度。官军中勾心斗角与义军中同心同德，对比鲜明，而都以历史的具体性，以鲜明的性格写出，十分可信，十分感人。官军中洪承畴与孙传庭对写，杨文弱与高起潜对写；义军中闯王、田建秀与刘宗敏、郝摇旗对写，给人印象深刻。战争场面写得也不错，紧张引人，而又能表现人物性格，具体生动而能看到整个战局。人物语言还有可提炼之处，古今混杂，有些地方不那么自然。

我亲爱的妻子，这个周末不知道是怎么度过的，身体可好？情绪可好？

我的思想状况较好，生活还要更加条理化。

三月二日　星期一，晴

这两天读了一些书，但头脑不是十分清楚，身体实在很难受，心情一直较好。不过，防微杜渐，不能大意，要加强思想修养的锻炼。

天气渐渐地暖起来，很有春天的味道。人特别困。

看了《李自成》，特别激励我的是那种大将风度。几百年前的义军尚能如此，何况社会主义社会中的人！这两年我的气量似乎不如前几年大了，必须认真检查。

三月五日　星期四，晴

开始了大风沙的日子，这几乎是不可忍受的讨厌，这是什么样的春天！三号去看病，说是“神经衰弱引起阵发性心跳”，给了几片安眠药（鲁米那）。这两天睡得好，精神也稍好。在思想修养方面有进展，能够克己让人。

前天收到祥馨来信，她一号才离开九江，信写得非常亲热，非常好。

看完了《李自成》下册，这一册张献忠写得好，在迎接林铭球时装出的恭谨，对待李自成的热情和防忌，起义后对官僚的嘲弄，把这个人写活了。这一册章法较乱，也许因为它属于第一卷的缘故吧？

三月八日　星期日，大风

前天看电影《大李小李和老李》，纯粹是胡闹，不值得一看。编剧有于伶，导演是谢晋，都是我很喜欢的有诗情的人。我对现代喜剧有点绝望了。

昨天看《第一届新兴力量运动会》，雅加达绚丽多彩的风光，悦人眼目。

晚上看了一会儿书，眼痛而止。

今天中午，爱珍姐请我去吃饭，然后至景山顶观北京城区，故宫的闪闪发亮的琉璃瓦，似阳光下的波浪；民族文化宫、电报大楼等建筑如海中礁石。京华景象，尽收眼底。后经故宫到天安门，归来，疲倦已极。

今晚买台灯一座，花五元五角。

三月九日　星期一，晴

《浮士德》靡菲斯特：“诚实的朋友，灰色的是一切的理论。只有人生的金树长青。”

今天贾霁同志来讲《华东会演观感》。他说，这次会演是社会主义戏剧，尤其是话剧的大进军，是在社会主义革命和建设年代贯彻工农兵方向的突出表现。文艺在兴无灭资中要起到武器的作用。不是以任何内容题材都能完成这个任务。是否只有写建国十四年来的革命斗争才算社会主义的？这点还有争论。《打金枝》怎么打，也不能解决我们的干部团结问题。华东会演非常明确，用今天的事情反映今天的时代。与此相联系是提倡话剧。要扭转一九六二年以前戏剧舞台的混乱，首先靠话剧。演出二十个戏，多幕剧十三个，七个独幕。只有一个是写三反的，其余是写大跃进以来的现实。会演后专门开了一次创作会议，交流创作、演出现代戏的经验。青年、老年演员对演现代戏都有顾虑，演得好《玉堂春》，演不好《李双双》。老专家从西欧日本学来的易卜生那一套。观众中不但有只到剧场听马连良的遗老，还有遗少。陆定一同志作了报告，说演现代戏对演员和观众都是一个革命。

三月十一日　星期三，雪

从中午起，很细很干的雪粒从天空洒下来，到这时（晚九点）地上已是厚厚的一层，树上也是白花朵朵。吃午饭后，披风沐雪，去劳动人民文化宫看阶级斗争教育展览。美国士兵在故宫宝座上耀武扬威；日本两军官杀人比赛，一个杀一百〇五人，一个杀一百零四人；八国联军在北京的布告和在街上杀人的照片，真令人发指。

近几个月来，不自觉地有了一个习惯——某些想法，宁愿让它在脑中隐伏一些时，不急于让它成型。如果我不想它，而它总要冲出来，那就真是自己的一点想法了。

昨天与朱一之等去和平里看电影《初次考验》，色彩悦目，主角美貌，男的英俊，女的丰腴。影片的内容没有沾上多少坏东西，平平的。着力要写的是安德罗索夫，但其性格发展（影片的主题）并不十分清楚，情节缺乏一贯性。

思考典型问题，似有所得。

中午下课后直奔宿舍，取到祥馨来信，她有点傻劲儿，很可亲，然而我希望她深沉一些。

三月十三日　星期五，晴

晚看《带阁楼的房子》，有契诃夫小说所有的沉闷，灰色的人物，停滞的生活，琐屑的感情。摄影机上似乎罩上一层薄纱，使整个影片充满朦胧的诗意。第一次接吻之后，然尼娅的白裙衫在大树中间，在月光中隐现。影片创造气氛的能力值得佩服：檐间滴水声，从钟摆后面拍去的镜头，生活的一切已成熟套，成了例行公事，成了“仪式”。当我们看见一个仆人服侍三个人吃饭的时候，只看一次，就似乎见过他们这样地吃几个月、几年了。再看第二次，就感到不可耐地腻烦。这是怎样惊人的笔力！契诃夫从平凡琐碎的生活里发现戏剧，发现诗，我们今天也应该能从日常生活中创造出新的颂诗。画家在回忆中唤道，然尼娅，你在哪儿呢？立即是由远而近的火车声，列车接着疾驰而去，景物很好地表现，强化了人物的感情。每一个人物都有性格，两姊妹一出场，只有妹妹说了一句话，就使人看出她们的性格。妈妈大约总共只说了一二十句话，仅仅“对，达莎，说得对”，就让人看到她的无主见，懦弱，小市民的善良。

今天接到赣梅的信。

三月十四日　星期六，阴

中午接姐姐来信，讲妈妈病情，午睡时间即出去买药，航空寄去，并发一航空信，共花七元整。一下午再没做别的事了。

晚上去祥馨后母家送皮大衣和袋子，没人在家。漫步走到地安门，思索自己的工作习惯，要立即开始严格训练。毛主席所说的，历史、理论、现状，不仅是我们学习的三个方面，如现实主义要了解现实主义理论发展史，包括现代的研究情况，再看相关作品，还要涉猎有关反映论等哲学理论。有计划地读书思考，不仅读经典的、精彩的论述，也看曾经走过的弯路，曾经有过的争论。这样了解会深刻一些，有根有据。开头要看几篇概观介绍。

今天是本学期第一次按时在六点起床，大好春光，愉快地享受。上午看书也很专心。

三月十五日　星期天，阴

开学以来，思想状况一直很好，今晚忽然躁起来，按捺不住烦乱。为了克制，去阅览室看报，看董老给欧阳海题诗，看黄祖示的事迹。顿时获得一种向上的力量，产生做一个高尚的人的激情。我一定要把开学时订的计划执行到底，把二十天来的良好状态保持下去，奋发昂扬。去年开学时郭影秋副校长告诫我们要练政治基本功，知道了不等于能够做到，这些话要听进去。

前些时李天祥同志来讲《从印象派到抽象派的西欧艺术》，可以联系去年看过的西方现代绘画展览，有所了解。他说，现代派的历史，这方面争论很多，“我觉得应该从印象派算起”。塞尚提出成套的理论，到现在，现代派没有超出他的范围。特点有三个，脱离政治，明确提出为艺术而艺术；反对任何思想内容，画就是画，画是看的；以主观唯心主义感觉论做思想基础。美、法、西德、日本，四个尖子。苏联对印象派批判多次，但它总有阵地。印象派四大法宝：色、光、生动性、运动感。德加说，“我画的不是舞女，舞女在我眼中只是色块。”他们色的生动感强，形的生动感弱。他们认为素描是理智的，色彩是感觉的；素描是学出来的，色彩是感觉出来的。阿拉贡说，“马蒂斯的画是安乐椅般抚慰心灵的艺术”，抚慰资本家的心灵。马蒂斯受过传统技术培养，某些技巧可取。

三月二十日　星期五，晴

今天下午听报告，传达大庆油田经验，把烈火一样的革命热情和天文钟一样精确的科学性结合得多么好。毛主席说他们是革命加拼命。这个报告说，国家要有民气，队伍要有士气，人要有志气。三气结合起来，成为一股巨大的物质力量。大庆同志最可宝贵的就是有这么一股气。他们有四个一样：黑夜和白天干工作一个样，坏天气和好天气干工作一个样，领导不在场和领导在场干工作一个样，没有人检查和有人检查一个样。他们把人的干劲鼓到搞科学研究上去，鼓到搞第一性资料上去，鼓到掌握自然规律上去，鼓到生产上去。他们说，光有干劲，不做扎扎实实的工作，那就是虚劲。重视不重视第一性资料，是尊重不尊重科学的分界线。

这个报告和这几天看的许多歌颂毛泽东思想哺育新人，董加耕，黄祖示的事迹，在我心里点起了火。昨天深夜不成眠，躺在床上想，要弃燕雀之小志，慕鸿鹄而高翔。真正的大志不在个人的名气，而在于在自己的岗位上为国家做了些什么。

三月二十二日 星期天，阴

昨天下午继续听有关大庆油田的传达报告，其中讲到不仅要在政治思想上红，而且要在思想方法上红。

前夜严重失眠，三点以后才睡着。昨天午觉又没有睡着，白天没吃饭，晚饭后即睡，至今早七点多才醒。我要以锻炼来制服失眠，更要使思想纯洁化。

下午看电影《汾水长流》，开映很久我都没有进入艺术情境，还在冷静分析它的场面。到为借粮召开群众大会，王连生发言要少借粮，就觉得有些意思了。在栽赃一场，王连生误会妻子拿了社里的麦，把妻子为他做的一碗难得的面片打到地下，我也禁不住流泪了。我们中国的穷人，就是有这样的志气，这样嫉恶如仇，容不得身上粘一丁点污迹。可惜的是，导演在这些地方，不肯大胆地渲染。王连生这个纯朴的人，他的崇高的情操是潜伏在地底的烈焰，不容易让我们轻易看到的，这是多么好的披露心迹的机会。对妻子抱歉的王连生，一定会吐露自己的心曲，这时，我们就可以看到最明亮的珍珠。可惜，导演吝惜了笔墨。第一、第二个场面是介绍，做得不自然，见针线，缺少行动，场面之间连接不好，脱榫了。

晚上，老史让我看毛主席写的一个党中央的指示，讲一分为二。看到自己的成绩，也要看到缺点。要肯于、善于学习先进单位和个人。

在学习上，我不善于向周围的同学学。

昨天接到祥馨的信。有一点我非常佩服祥馨：处于生疏、寂寞的环境，而很少伤感，她是坚强的。我也该消灭自己身上的早已成为历史朽物的、小资产阶级顾影自怜的悲观。

大庆同志的最大优点是什么？就是把说的、想的、学来的，全都见之于干，说了就做，这便是他们成功的秘诀。

三月二十四日 星期二，晴

晚上读《一个极其重要的政策》，毛主席说，“现状和习惯往往容易把人们的头脑束缚得紧紧的，即使是革命者也不能免。”又说，“每年的春夏之交、夏秋之交、秋冬之交和冬春之交，各要变换一次衣服。但是人们往往在那‘之交’不会变换衣服，要闹出些毛病来，这就是习惯的力量。”我们的国家在反修正主义的斗争中，在社会主义教育运动中，正在发生一个巨大的变化，报纸每天以极大的热力冲击我心，在这一个“之交”，我要是不变一变，不奋发起来，不改变老气横秋、疲沓松散的情况，就不能适应现实了。

“目前我们须得变一变，把我们的身体变得小些，但是变得更加扎实些，我们就会变成无敌的了。”这正是我目前应该遵循的方针。缩短学习战线，学一些精当的知识到手。这一学期，把现实主义（主要是典型问题）搞深入一点，要大大提高学习效率。

今天收到祥馨的信，非常快活。

三月二十五日 星期三，晴

《关于纠正党内错误思想》：“雇佣思想……不认识自己是革命的主体……这种消极的雇佣革命的思想，也是一种个人主义的表现。这种雇佣革命的思想，是无条件努力的积极活动分子所以不很多的原因。”

问：我是不是有雇佣思想？回答：很难承认。问：我是不是无条件努力的积极分子？回答：肯定差得远。做了“自己应做的一份”，便以为满足。为什么雷锋在任何时间、任何地方牺牲休息，做能做的一切，人以为苦，他以为乐呢？就因为以之为苦的人是“雇工”，而雷锋是主人。

今天收到祥馨的来信，讲她生活的艰苦，很使我感动。我对她的工作调动是否催得多了一些，急了一些？

上次马奇同志讲《经济学—哲学手稿》时，说有许多人把这本书中许多思想直接用到美学上去，而任何科学不经过自己的特殊化，是很难作为独立部门长期存在的。我现在也深深感觉到，搬用一般的东西容易，在特殊领域运用它困难。这正是《矛盾论》早已讲过了的。除了冷静地占有资料，勤勉地思考之外，别无其他办法可想。

三月二十六日　星期四

怀着激动而复杂的心情摘抄《光明日报》评论员《让青春放出光辉》。

伽利略，二十五岁时被称为“当代的阿基米德”，被任为比萨大学教授；牛顿，二十三岁发现万有引力，并开始从事微积分学的创造，二十四岁任剑桥教授；莱布尼兹，二十岁发表《结合术》一文，为近代数理逻辑的创始，二十七岁完成微积分学的建立；爱因斯坦，二十六岁发表《狭义相对论》，三十六岁发表《广义相对论》；普希金，二十一岁写成长篇叙事诗《鲁斯兰和柳德米拉》，二十三岁写成悲剧《鲍里斯戈都诺夫》，三十岁以前写成长诗《波尔塔瓦》、《青铜骑士》，小说《上尉的女儿》，三十一岁写成《叶甫盖尼·奥涅金》；别林斯基，二十三岁发表论文《文学的幻想》；车尔尼雪夫斯基，十六岁学会七种外国语言，二十七岁发表《艺术与现实的美学关系》，二十八岁写成《果戈理时期俄国文学概观》；杜勃罗留波夫的全部著作是在二十岁到二十五岁之间发表的；陀思妥耶夫斯基二十五岁发表长诗《格拉席那》和《先人祭》(前两部)；歌德二十五岁发表《少年维特之烦恼》；席勒，二十一岁完成剧本《强盗》的创作，二十八岁发表《阴谋与爱情》。

还有马恩列斯，都是二十多岁做出划时代的创造。《马恩全集》一到五卷是三十岁以前的著作。恩格斯中学毕业后，父亲要他经商，他坚持自学，十九岁时会二十五种外语，能读、说、写信。文章说：“重要的问题在于有远大的志气和正确的世界观，能够摆脱庸俗和琐屑的个人欲念的纠缠。”

三月三十日　星期一，晴

星期六、星期日，都收到祥馨的信。

“海涅的诗歌，比起我们豪放的朝气蓬勃的散文来，不啻是小孩的玩具。摩尔可能勃然狂怒起来，可是从没有叹一口气。”——恩格斯一八八三年六月十二日，致爱·伯恩施坦信。

星期天看《兄妹探宝》，少年演员，是最容易矫揉的，因为他们相当地丧失了儿童的天真，离成年的老练又还太远。不过，这部电影是逐渐地吸引了我，尤其是小勇。结尾是非常之好，老爷爷和妈妈的对话，妈妈说孩子们“淘气啊！”担心了两天的妈妈，释下重负，不无欣喜，自慰地在别人面前说自己的孩子。老爷爷爽直地说：“不是淘气，是志气。”这话说得多好。影片正是在淘气的形式中表现志气。有了前者，才有看头；有了后者，才有意义。三个孩子都不肯多吃一个蛋，小勇恨恨地说：“这个鸟儿，怎么只生五个蛋！”小勇背来满袋石头当成是矿石，这些，都是很吸引人的。

昨天一人坐在房中读书，怡然自得，入忘情之境。这几天的思想状况，很使人满意。

四月三日　星期五

范宁先生来讲“李卓吾”。一，首先介绍评点派的起源，举出韩愈的《秋怀》诗，“丹铅事点勘”。他说，吴汝纶把自己的评点叫做点勘，而韩愈说的恐怕是校勘。《四库提要》论“苏批孟子”说，“宋人读书，于切要处率以笔抹”。宋朝评点风气流行，评就是批，点就是圈点。李卓吾、金圣叹的圈点，不知道什么意思，好像梁启超讲文学作品，念了一遍，说几个“好”、“好”，便算是讲完了。点就是符号，在本人是有意义的，但我们不容易了解，我们要研究的只是批语。黄山谷《大雅堂记》说他读杜诗，“欣然会意处，辄欲笺以数语”。这和毛诗郑笺的“笺”不同，郑笺那是训诂。笺注的含义到宋朝有了变化，还保存有某些训诂的特点，但是这时有了真正的文学批评。评点与科举制度有关，科场要求文章程式化，有选本，还要指出它为什么好，就要批，指出窍门，讲文章做法。欣赏式的评点从刘辰翁开始，他是宋亡以后的遗民，不想做官了。李卓吾、金圣叹走的是他的路。明末竟陵派的文学观，就是从刘辰翁的评点中来的。二，学术界把李卓吾作为思想家来研究的很多，作为文学批评家研究得不够。他的生平可以参看容肇祖《李贽年谱》，黄云眉《李卓吾事实辨正》（见《史学杂稿订正》）。他要把儒释道三者合一，反对六经、语、孟，反对道学，要任自己本性发展。三，李卓吾思想基本的东西就是《童心说》，主张文学表现人的真情实感。他说时文好，恐怕不是指科场之文，因为那些代圣贤立言，不能发挥自己的意见。他有许多正面意见并不正确，比如说《水浒传》的忠义在宋江投降之后。评《浣纱记》，勾践养马，皂隶向他要钱，李卓吾批：“从来只有皇帝欺负皂隶，皂隶且能欺负皇帝，兴头，兴头！”吴王被赐死时要求三尺绫罗掩面，羞见伍子胥，批：“如今绫罗应十倍其价，因为羞面的人太多了。”批语中有关文学形象性的，如“娇态如画”之类，这是过去文学批评不太讲究的。批《坡仙集》，说《赤壁赋》有些地方该描写，苏轼却是议论。他还谈到文学中的想象和幻想，说《水浒》情节是假的，说来似真，所以为妙。说到不同性格，如说，《水浒》中诸人粗鲁各有不同。

四月七日　星期二，阴

五日晚下了一场雪，房顶都白了。这几天又是非常之冷。

昨天，何洛老师解答同学们学习现实主义专题提出的问题。主要讲了真实性，典型和典型性，倾向性。

上周看了《蚕花姑娘》，主人公的选择是好的，这一个敢哭敢笑的蜻蜓姑娘，写好了，有教育作用。但是，冲突的戏剧性不强，不能一气到底，似乎是勉强拉成的。

前天看朝鲜的《沈清传》(大概是唱剧)，影片色彩还悦目，使人想起《春香传》广寒楼下一场，但关键事件有漏洞。沈清为使父亲重见光明，舍身换佛米。她回到人间做了皇后，却叫国王大宴天下盲人，以找父亲。如果她不相信舍身可以救父，她何必找死？决定把自己卖给商人之后，她痛哭终日，而找到父亲后的第一句话是，"你怎么还没有复见光明？"使人不禁好笑。真的重见光明了，怎么会被你找到？撇开这个大漏洞不谈，影片也只给我们介绍了一个孝道的演示者，概念的传声筒。

看了剧本《激流勇进》和《龙江颂》，昨晚看青艺演出《激流勇进》，我喜欢佐临的导演处理，戏曲化，电影化，布莱希特手法，把平炉的热气和焦炉的香味带给我们，同时也就把跃进的激流推上舞台，有气氛。在欧阳俊的心理表现上恐怕是更多地吸取了布莱希特手法——向观众介绍人物，效果是好的。对于剧本，也应该说不错。但我起了个想法，觉得我们现在许多剧可以名之为问题剧，问题提得好，提得深，提得及时。如《年青的一代》中的青年阶级教育问题，本剧中领导作风(调查研究、科学实验与革命精神结合)，建设工业与建设人的问题。问题提得好，但人物塑造跟不上，骨劲气猛而肌肉不丰，风骨乏采。这是一个很大的弱点。《龙江颂》在结构的回旋上升、语言的活泼，戏剧性、性格化上都较《激流勇进》强，它在人物方面的成就，不是英雄人物，而是起贯穿动作的两个队长。

今天收到祥馨的信，对于工作问题，她还是很理智的，我不能引她烦恼，而应尽力促使她志气昂扬，我目前已做的恰好相反。

四月八日　星期三

今天，丁浦老师讲马克思恩格斯论悲剧。要求我们了解，十六世纪骑士起义和农民战争以及一八四八德国革命的历史情况；思考马恩和拉萨尔的分歧所在，莎士比亚化和席勒化。给拉萨尔的两封信，是马恩具体评价作品，集中论述自己的美学原则的经典著作，涉及文艺理论一系列重大问题，对无产阶级文艺发展方向做了预见性论述。丁老师上课，抱了十几本书来，讲课非常认真。

四月十五日　星期三

连日阴雨，已使人感到极为腻烦。气温渐渐升高，昨天，我脱下了棉袄、棉裤。

十二日看纪录片《世界人民公敌》，编辑技术还好，加强了主观创造因素，也可以说加强了政论因素。后与陈引颖去天坛游玩，那里的建筑主题很明确，阔长的高坝式的大道，高耸指天的圆形的祈年殿，里面代表四季的花柱子，代表十二个月和十二个时辰的红柱子，对称的龙凤石；进去之后，使人自然要产生肃穆崇敬之感。皇穹宇，祈年殿，都是全部接木榫的木结构，没有用钉子。皇穹宇前的三击石和回音壁，吸引许多游人；而在当年，一定能增加神秘和威严吧。圜丘台，由九和九的倍数的石块砌成，站在圆台中心轻声讲话，声音亦特别洪亮。

随后，我们去天桥，那儿还有新中国成立前的遗迹，雨天墨盒似的路与新修的大道交接，现代化大剧场旁边，还有靠观众抛几个钱的卖艺人。在天桥吃了一顿东北饺子之后，去自然博物馆，参观两个多小时，一位女讲解员热心地详细讲解，似乎是好不容易抓到两个耐心听讲的参观者。

当晚，看墨西哥影片《消失的琴声》，主观镜头较多，也用得还好，对话极少，这是符合内容需要，符合主角——音乐天才小胡安的性格的。全片有一种病态的痉挛的天才式的灵感，一种恍惚之中的诗意。这主要是由蒙太奇结构、隐喻手法、音乐和画面的配合等等造成的。剧本本身，无可称道。

十三日晚去二七剧场看海军政治部文工团演七场话剧《海防线上》。我以为，剧本的架子还可以，把窜犯敌特与我们的矛盾和我们内部一心生产与警惕较高的人的矛盾交错起来。代表一心生产的主角大队长写得也还可以。但是，现在这个本子，究竟还很差，导演更加重了它的弱点，绝大部分人物是一个类型的：急性子，而且一急到底，不讲一点张弛之道，不讲烘托对比之法。两种矛盾写来着重点不分明，似乎想兼顾，以致作为反特剧不够惊险，写内部矛盾又不够深刻。

四月二十二日　星期三，晴

前天看广州部队文工团演的五场话剧《南海长城》，题材与《海防线上》相似，但这出戏比《海防线上》好，演出和剧本都要好。螺姐很真实，她坐在窜犯的匪徒头子何从对面，说："哪里有那么多妖魔鬼怪！"洪泽唱戏也构想得很好，可惜没有演足。后来她背着孩子。冲向"三杯酒"去捉特务，也是很真实可信的。在她的衬托下，民兵连长、她的丈夫区细海更为可爱，他有战士的直爽、单纯，更有战士的忠诚、坚定。他的岳母钟阿婆，在第四场是中心人物，在那一场的结尾，闪耀光彩。但也只是闪了一闪，前后都写的太少。导演有意以喜剧出之，这很好，使人心甘情愿地接受了比《海防线上》给的更深的教育。喜剧性应该从性格和场面中流出来，剧中有的地方是这样，有的地方却不是这样，使人感到是在逗笑，只能引起对剧艺技术的欣赏。剧情发展的必然性使人忍俊不禁，那才是喜剧艺术。

看完了《贝姨》，对恩格斯表扬巴尔扎克的话有所体会，从于洛元帅看，他以虔诚的同情倾向于贵族，拿破仑的余党；从于洛男爵看，他以惊人的真实写出了贵族的腐化、衰败。在阿特丽纳（男爵夫人）身上，他徒然地歌颂、美化奴隶般的封建妇道；在克勒凡、玉才华、玛奈弗夫人身上，他无情地揭穿、攻击资产阶级暴发户，攻击他们造成的无耻荒淫，他们的庸俗、鄙琐。

祥馨信中寄来了杜鹃花。

四月二十三日　星期四，晴

今天看了剧本《远方青年》，武玉笑著，中国戏剧出版社一九六三年出版。它不是一般地写青年人的道路，而是把理想和对工作的态度、工作方法结合起来。它使人懂得求学问、成就事业的目的和方法是紧密联系的。科学需要实践，革命科学要为人民服务，解决人民在实践中提出的问题。沙特克是从牧民的需要出发，在防疫科学上达到了很高成就，阿米娜是从理论兴趣出发，不愿意全心解决实际问题，科学上也没有能真正发展。这方面的思想是剧本的最大成就。

吴军（场长）：“艾利同志，你们这段实习工作的时间是完了，可是，一个毛泽东时代的革命青年，他对国家的责任感，难道也能完了么？啊？”这段话对我们工作对象经常变换的教师来说，很有教益。

四月二十六日　星期日，晴

早晨被太阳晒醒，多少日子以来第一个好天气！“十里溪山最佳处，一年寒暖适中时”（陆游《近游》）。今天是该出门走走，然而没有去什么十里溪山，只是到爱珍姐姐家玩，骑她家的车子，在宽街、东四十条转了一圈。

上午看《满意不满意》，解决杨友声不愿意“服侍人”，是用他必须要别人“服侍”的道理，作者让他摔伤，护士热心服侍他，杨友声以为这是理所当然、受之无愧，当护士揭下口罩，原来正是他不愿意服侍的顾客，他吓得背起拐杖跑掉。错误的思想在生活的逻辑面前现了原形，这个令人捧腹的场面，在全剧中最好。充满笑的刺激素又意义深刻，很巧妙、机智地说明了我们社会里人与人的关系。

四月二十七日　星期一，晴

今天发了一封信给王庆生同志，要求提前返校。两年之前，我要工作、要实践的心情就很急迫。在现在的形势下，更有点坐不住了。能不能批准，希望是百分之五十，或许还要小。

昨天收到祥馨的信，她说给我织毛衣至夜十二点。

看《黑凤》，敬服王汶石的描绘能力，画出场面，渲染气氛，意到笔到，使人很容易进入一九五八年的情境。

今天听广播，《人民日报》编者在发表苏斯洛夫反华报告时的按语，听了一遍还想听第二遍。

四月二十八日 星期二

今天冯至先生开始讲“恩格斯论歌德”，先讲《浮士德》。他说，恩格斯在《德国状况》第一信里讲到，十八世纪后期德国统治阶级穷奢极欲，社会闭塞，但在文学中可以看到一个美好的未来。政治上是可耻的，但文学是伟大的，每一部杰作都渗透了反抗当时德国社会的叛逆精神。历代经济基础和上层建筑往往有矛盾的情况，这个时候的德国就是如此。研究文学史的人拿它做例子，但对它有不同的解释。梅林的《德国历史》说，德国资产阶级不能争取政治权力，其杰出人物就致力于哲学和文学。歌德的岁数越大，对德国的这种矛盾感受越深。歌德晚年有国际地位，但他二十九岁以后为魏玛公国服务，全国人口只有几万，城市人口几千。他的想象，理想，他想到人的发展与环境对立，这是《浮士德》悲剧的根源，《浮士德》是歌德不断与庸俗环境斗争的悲剧，知识的悲剧，爱情的悲剧，政治的悲剧，美的悲剧，事业的悲剧。中世纪人们认识自然要受到迫害，哥白尼、布鲁诺、伽利略等都是如此。有许多文学家写过浮士德，歌德就从不断探求知识、了解宇宙这一点来处理，从一七七三年开始写，直到他死之前，还在反复修改。此书比较庞杂，牵涉的非常之多。贯穿的是两个赌赛：魔鬼与上帝赌赛，魔鬼与浮士德赌赛。上帝说，人在努力时难离错误，这是歌德的重要思想。《浮士德》的几个问题：知识和生活的关系，甘泪卿的悲剧，对古典美的追求，事业和理想的性质，悲剧的意义。

我把《马恩论艺术》论歌德这一部分认真读了，还需要做笔记。

四月三十日　星期四，雨

中午有雷雨，雨下得很大，现在雨停了。“客子生涯书卷里，杏花消息春雨中。”雨水冲去灰尘，节日前的天空特别清朗，绿色的树丛，绿漆的屋顶，蓝色的天幕，一杆杆红旗，配合得真是好看。阅览室北面是围墙以外的胡同，传来小贩卖菜的吆喝声，很好听。

两个月来读了一些书，下一阶段，要把现实主义专题的学习深入一步，已经构想了一个计划。

看《黑凤》，作者终于使我喜欢起黑凤这个人物（结尾恋爱的场面不很招人爱）。她的忘我、闯劲和莽撞、幼稚，都是灵魂深处的，是一个农村少女、共青团员所具有的，不是作者贴上去的。作者从这个人物侧面写出了时代的真实。黑凤在成长着，这点写得还不够深。一开头，赶路的教训安排得好，很艺术，我们在生活中也常是这样呀。但这终是象征性的，应该让黑凤在生产斗争与社会斗争的挫折中成熟。瓦匠夫妇有不少极富魅力的笔墨，使人想起《大木匠》。作者对这一代人摸得很熟。

不久前看过剧本《一家人》，巩固了我对现代戏剧冲突与人物的看法。大哥主要是烘托出来的，说出来的，不是做出来的。应该给他设置真正的困难，现在只是罗莉莉造成的假想的困难。

五月三日 星期日，晴

五月一日上午去颐和园，看了许多文艺节目，男女对唱《逛新城》等等。当晚与万钟在北海划船，然后在仿膳吃饭，观察揣摩座客的身份、性情，以此为戏。

昨晚至岳母家，见到外婆，我很喜欢这位老人，座谈颇久，外婆又煎饺子，又洗荸荠、苹果，又拿糖，每样我都尝了。

看完爱伦堡的《解冻》，与《叶尔绍夫兄弟》写法很相似，囊括社会万象，两本书，一面白旗，一面红旗。艺术问题，普霍夫的苦恼、伊斯克拉的丈夫的苦恼，同一类形象，渗入两个不同作家的灵魂，文艺贵族和工人作家两种灵魂。爱伦堡要的是，在小房间里为老婆画像的艺术；柯切托夫要的是，炼钢炉前火花飞溅的艺术。茹拉甫辽夫，“不安心工人生活”，卑琐，高尚的是坐了十七年牢的人维鲁宾。茹拉甫辽夫、特里佛诺夫，其实正是戈尔巴巧夫一样的人物（他们的身体、工作方式都很像），他们身上注入不同作家的爱和憎，爱伦堡讨厌忠诚的党的干部，柯切托夫对他们充满同情、同志爱。

下午看电影《青年鲁班》，史大千编导，同去看的人都很称赞，说李三辈刻画得很成功，我也觉得这个人物形象有力量，但整个影片笔锋太露，不耐咀嚼。

五月五日　星期二，晴

今天全班春游，从西直门火车站出发，上车前在小贩那里吃了一碗藕粉。车上民族学院几十人也是集体春游，要我们和他们一起唱歌跳舞，我只能笑着旁观。

登长城。这是北京所有名胜中最有民族气魄的地方，它在起伏的群山之间绵延不尽，象征我们民族的韧性、持久的精神；它出现的地方，总是在最险峻的处所，象征我们的民族敢担大任的勇伟精神，高屋建瓴、气吞宇宙。我一走过望京石来到城下见到“居庸外镇”四个大字，便兴奋起来。上得城去，迅即向南攀登，到城墙断处，有一木牌：“外国人未经允许不得超越”，我竭力动员，得到三个伴侣，从残破的城墙，小心翼翼地上到新的高处。还有一个更高的目标，可惜无人做伴，只好返回了。“一览众山小”，东临绝顶，已有此快矣。后再到关外，见“北门锁钥”四个字。顷刻之后，即折向山下，看詹天佑纪念馆，瞻仰铜像，参观历史照片，这是一位配得上长城的中国人。

五月八日　星期五，阴

“用那种以为总有一天会达到目标的那样的走法是不够的，必须是一步一步都是目标，一步有一步的价值才好。”

——《歌德谈话录》一八二三年九月十八日

冯至老师回答大家学习“恩格斯论歌德”专题提出的问题。他说，大家提出的许多问题，很多是由于翻译错误的缘故，还有是由于我们掌握关于歌德的知识不够。他校正了《马恩论艺术》的很多处译法。他说，列宁论托尔斯泰，论证比较全面，恩格斯论歌德，主要是就一个方面来谈。他是批判“真正的社会主义”，并不是以歌德为写作的对象。恩格斯文章写于一八四七年，距离歌德去世只有十七年。歌德晚年有许多人反对他，《论艺术》的注释提到一个是闵采尔，一个是贝尔涅。这两个人当时很有影响。贝尔涅说："自从我有感觉以来，我就恨歌德；自从我有思想以来，我就知道我为什么恨他。""歌德是一个押韵的市侩，黑格尔是不押韵的市侩。"格律恩倒过来，说："自从我有感觉以来我就爱歌德；自从我有思想以来，我就知道我为什么爱他。"当时社会主义是一个时髦的名词，乔治·桑写信请德国一个女作家研究歌德与共产主义的关系。马恩早年的著作很不好读，引用许多论敌的词句，有许多尖锐的讽刺。恩格斯指出格律恩对哲学和自然科学的无知，这些大家不必太注意去钻。正式开始论述是《论艺术》第三六七页，讲到格律恩、歌德、费尔巴哈所说的"人"。歌德说的是希腊人，格律恩说的是抽象的人。抽象的人是马恩反复批判的。三六九到三七〇页是最精彩的一段，是本文的核心。歌德、席勒等企图"从内部"通过艺术改变现状，这是不可能的。恩格斯对《少年维特之烦恼》评价不高。

五月十一日　星期一，晴

"查问目的，查问为什么，这完全不是科学的问。若用查问'怎样？'的方法，倒可以进行得远些。"

——《歌德谈话录》，一八三一年二月二十八日

最近学习略有些乱套，一抓一放，费了时间，没有静心坐下来读，意漂浮而不归，主要原因在于计划不周。学习现实主义，应从作家作品入手。恩格斯以巴尔扎克立论，我是否可以就巴尔扎克、雨果、高尔基、鲁迅，分别写一些阅读札记。

看完《雁飞塞北》，心情激荡是几年来读作品时未有过的，暂时无法评论。

五月十四日　星期四，晴

今天给一双袜子上了后跟，这是平生第一次，感到了劳动的喜悦；晚饭后又补了一条裤子。以后应注意在这些细处磨练自己。思想修养仍极差，此后要沉静些。

连日听梁斌、蔡仪讲课，很有收获。梁斌是前天来讲的，他的题目是“谈创作的准备”。一开始说，文艺创作，各人走一条道路，有大同，也有小异。又说，十九世纪作家有启蒙革命的思想就够了，要自由、民主、发展个性，模模糊糊地了解革命目标就够了。我们现在不同，需要掌握具体指导社会主义革命的理论。在四清、五反中要学习许多具体政策。土改时工作好做，明确；四清时就比较复杂。我以前读小说剧本是自己迫切需要，读政治经济学感觉远水不解近渴，不迫切需要。但在写《红旗谱》、《播火记》过程中无数次翻阅毛主席著作。比如，写到李霜泗参加共产党，有什么根据没有？按成分，他是流氓无产阶级。这个事情我是确实知道，他事实上是共产党员，那一带老百姓也相信他是党员。后来查到党的第三次代表大会文件，有一段特别提到，中国农民由于生活所迫可能铤而走险，当土匪、民团，所以，党的三大决定在民团中建立支部，我就没有什么怀疑。《播火记》写到贾湘农到国民党党部去，在今天看有点别扭，这个问题在党的文件中也多次提到。有时候写不下去了，怎么办？把有关方面的政策文件找出来读一读，可能使你开窍。再就是深入生活，到农村走走。《红旗谱》是一九五三年开始写的，为什么不是一九四三年开始写？事实上，我一九四二年就要写这本书，写了短篇，一万多字，发展成中篇，五六万字，长篇写不成，因为政治上、生活上、工作经验准备不够。后来坚决要求南下，别人对我很多猜想。我辞去原来几种工作，做了几年新区农村工作，搞土改，把自己的经验、感受补充上来，一九五三年开始写

《红旗谱》，非常顺当。所以，一个人要想写农村题材，就得在农民问题上流点血汗。你不能把所有的生活体验一遍，但是体验了一部分，再去体会别的部分，就比较容易。我没有上过大学，只上过两年中学，当时没多少书可看，就有两本书——高尔基和托尔斯泰给青年作家的信。两本书都说要积累生活，方法是要有两个笔记本，一个本子记录素材，再一个记录好的语言，我都照做了。在语言上我走过弯路，因为读翻译作品和“五四”以来作品较多，使用书面语言。有同志说：“你文章陈言太多，擦的不亮。”《汉宫秋》昭君的一段词，“晨挑菜，夜看瓜，春种谷，夏收麻”，写春兰就用这几句。类似的语言，最多在地方戏中。写理论著作也要有自己的一套语言。

蔡仪先生今天来讲“马恩论革命悲剧”。他说，马恩给拉萨尔的信不仅讲到悲剧观，而且是文艺观、历史观、政治观。拉萨尔自称马克思的学生，马克思通过他在德国出版《政治经济学批判》，他为了出版《济金根》，把《政治经济学批判》压了一个时期，以致马克思很不满。马克思早就指出拉萨尔在思想上是个危险人物，但又想团结他，教育他。马恩当时的心情是，一方面要指出他的错误观点，另一方面尽可能不刺激他自高自大的心理。主要指出缺点是悲剧冲突，其次是性格刻画。“你所构想冲突是悲剧的，而主题不适合表现冲突”，这确实不好理解。“构想”，德文原文意思是企图。主题，就是作者对作品题材的看法，即中心思想。按马克思的讲法，济金根是反动的，反动人物能否写成悲剧呢？马克思讲济金根不过是堂吉诃德，也就是喜剧对象。马克思说济金根的叛乱不能写成悲剧，恩格斯好像又否认这点。因为是信，不是理论文章，有些话是不好理解。恩格斯讲历史的要求是贵族和农民联盟，而这不可能实现，恩格斯是从理论上说明，马克思用具体作品（歌德的）说明，两人没有什么不同。不是每一个悲剧的正面人物都是革命的，李尔王，麦克白斯，如果他在某些地方有好的一点，正在好的一点上他失败了，就能引起同情。麦克白斯原是很有前途的军事人才，一念之差走上罪恶道路。李尔王因为爱女儿被女儿所害。阿Q是个可笑的人物，但《阿Q正传》不是单纯的喜剧。《黑格尔法哲学批判导言》对悲剧的说法，很难解释。这个著作包括马克思天才见解的萌芽，但也有旧的词句。如“个人错误”、“历史错误”，以错误解释悲剧。黑格尔以伦理错误解释悲剧，唯心观念中有客观基础。对“历史的必然要求与这个要求之不可能实现”，一般引申为新生阶级力量为先进理想斗争，不成熟，被反动力量打败。单只是这样解释是不够的。济金根不是新生的，当时农民也不算是新生的。关于性格描写，一般文艺理论已经讲的很多。莎士比亚化不只是人物描写，还有如何反映整个现实的问题。拉萨尔在《济金根》序言里推崇席勒，说历史深度、思想性几方面很好。恩格斯对拉萨尔模仿席勒提出批评。马恩在不同地方写的信，两人意见惊人的一致。

十日曾看淮剧戏曲片《女审》，写秦香莲被韩琪释放后，为介元山老者收留，习得一身武艺，因平复西夏有功，官至都督，凯旋后，乘陈世美来都督府访同乡，将他扣押审问。皇帝派御林军包围都督府，秦香莲杀陈世美并率将士突围，弃介元山而去。除了提供反历史主义的典型之外，这部电影再没有什么意义。

《雁飞塞北》的结构好，王开富老汉、于兴局长、李破靴子、李殿英，勾出开发北大荒的历史，为垦荒曲提供动人的背景。郑将军、杨海东等又联系到南泥湾传统。列车上的一章及张兴华等的经历，点到从军事战场到生产战场的主题。但作者不按时间顺序，把这些放在卷首，那样会是有些沉闷的。开门见山，从勘察写起，而把那些作为穿插，这是结构上的创造性的优点，带来许多便利和好的效果。

五月二十日　星期三，晴

上星期五看《周总理访问东北非》，景色很美。后看《独立大队》，以新奇的特色吸引人，然而看后半不及前半好，看过几天之后回想起来，兴趣更不怎么大了。马龙的性格是出来了，所以影片还能叫人喜欢，然而却似拆开七宝楼台，只见片段闪光，不见整体的美，主要败在结构上。主人公的性格是在发展，然而七弯八折，脉络不很清楚。最后一次又以闹独立性做高潮，不太合乎情理，也有损于人物。老叶有些个性，但并不是很可敬爱（除了醉酒一场特别好，教歌一场比较好之外），对马龙凭个性硬顶有余，按原则降服不足，使人有外硬内软之感。

昨天上午，在故宫文华殿看《古代艺术展览》，在绘画馆西廊看《明代书画展览》。唐三彩镇墓俑威武吓人，很有神采，佛像面部表情恬然自得，衣带当风，有流畅之美。清代牙雕梳妆盒，精致绝伦。明代画像中，大部分画得一样，对人物形象不是很注意，而且主体往往只占画面的很小一部分，而把大部分让给山、水、树和空白，它所注意的是气氛的渲染，情调的流露，环境的烘托。如《玩月》，看不出背光与向光面的区别，却令人在迷蒙中觉得有淡淡的月光散布在树梢屋顶，而清雅恬静之感油然而生。

重抄关于阿Q的文章，写完关于巴尔扎克的文章草稿，作为应付学年考试之用。本学期不写东西了，得静心读几本书。

五月二十一日　星期四，晴

想及早工作，给系里的信写了近一个月，不见回音，不免烦躁。烦躁，总是不好的。现在是要规划好这一学期的学习，一个是根据几年来的教训，整理出一套基本的学习方法，写出一些条条，这个工作，可以在劳动空隙中去做，（如果是在校内劳动）。在内容上，是要学好现实主义专题，特别是典型问题，看一批材料，理出一点头绪，从与浪漫主义的对比来看。了解目前研究动态，这一点不作为主要的，但也不可以完全不管。此外，要学习批判人性论的问题，这是近两周的事。外文多读常用词，多复习，记单词，以阿布拉莫维奇的《文艺学概论》本子为主。

郭影秋副校长传达教育部直属高等学校领导干部会议精神。中央指示，重新学习毛主席教育思想，学习毛主席去年十二月关于文艺工作的批示，今年二月关于教育工作的指示，三月关于考试的批示。教育工作的问题是教条主义、烦琐哲学，学制太长，课程太多，教学内容繁杂。中央成立了学制研究小组，学制要缩短。马列主义的著作也不能读得太多，越读得多，越是出教条主义。教师要下乡，下乡才能有学问，比如李时珍就经常下乡。有些提法不好，如“知识分子是国家的财富”，孤立提不好，现在的提法是“知识分子是劳动人民费了很大的心血培养的”。明朝出了两个好皇帝，朱元璋是文盲，燕王朱棣是半文盲，他搞了《永乐大典》。他的侄子是大知识分子，但政治上一塌糊涂。文化搞得太多了也会亡国，唐玄宗、宋徽宗、李后主，都亡了国。有些皇帝原先能干，后来搞文化多了，也亡了国，如梁武帝。陆定一同志说政治工作是基本功，将来各部门都要建立政治部。

五月二十八日　星期四，晴

昨晚看电影《一个人的遭遇》、《未寄出的信》。《一个人的遭遇》讲战争与“人”的幸福的对立，把索科洛夫推到冲突（战争与“幸福”的冲突）的尖端，有了称心的妻子，有了窝，有了有数学天才的儿子，索科洛夫是幸福了。可是，爆发了战争，战争夺去了妻子和女儿，他感到一切都完了。“我每天晚上和她们谈话，哪知两年来是在和死人说话！”邻居劝他活下去，儿子还在，以后娶个媳妇，自己就可以抱抱孙子，做做木匠活。索科洛夫在这个理想鼓舞下又活下去。他向战士们复述老头子的话，当做自己的生活目标。在胜利狂欢的时候，突然得知儿子牺牲了。战后，他捡到一个孤儿，冒充那孩子的父亲，在小孩的身上寄托几分残余的幸福的幻梦。（梦中妻子儿女走来又消失，后来出现凡尼亚质问的声音：“你没有欺骗我吗？”）所以，剧本的冲突，具体说就是革命战争与小市民幸福的对立。在这一构思下，影片对卫国战争中的苏联军民做了极大的丑化，特别以俘虏们被押在教堂中一场最恶劣，要大便的教徒，准备告密的叛徒……作者利用人们的感情来投机。索科洛夫向凡尼亚说，我是你的父亲。小孩扑到他身上，嚷叫：“亲爱的爸爸，我知道你会找到我的，我等了你好久了！”这当然非常容易引起同情，作者不把这种感情引向对法西斯的仇视，而引向无可奈何的心灵破碎的感伤，引向对一切战争的厌恶。有许多镜头、细节，从电影艺术各方面来说，水平都较高。如，索科洛夫第一次逃出，躺在麦田中间，俯拍的一个镜头，充分突出了获得自由的喜悦。军医在被枪毙时，扶了扶眼镜，就在这个动作中被击中，突然一摇摆，倒下去了。使人觉得他是很意外的，是在生命的途程中突然被夺去了生命，不是革命战士面对阶级敌人，而是一个极富人道（昨夜还替战俘们看病）的人，被战争毁灭了。

《未寄出的信》，讲“人”的幸福与盲目的自然力的对立。这个冲突很艺术地表现出来了——金刚石已经找到，就要回基地，可是突然遇到森林大火，发报机坏了，收报机正常，他们急于要有人来救，可是基地只是转来各地贺电。要紧的是获救，这些贺电于他们还有什么意义呢？他们把收报机也扔了，人走了，机子还在响。可见，剧本写的是小市民的幸福与革命工作的对立。苏联电影常常用一些行动美化其个人主义的主人公。如本片，在爱情上表现极为自私的谢尔盖，为救仪器财物而死，前一影片中索科洛夫得到面包，要大家平分，在战场上英勇，这些都是不真实的，是用来迷惑人的。

五月二十九日　星期五

今天戈宝权先生来讲关于列宁的《党的组织与党的文学》。他说，日丹诺夫批评《星》和《列宁格勒》两个杂志时，说这篇文章“奠定了社会主义文学发展的基础”，“列宁的文学党性原则，是列宁在这一门科学里最重要的贡献”。以完备和完整的形式实现党的文学的原则，在我们国家，毛主席思想指导下，做到了。毛主席的《讲话》把党性原则具体化，发展了。一九〇三年俄国社会民主工党第二次代表大会，列宁提出党员要参加党的一定组织，马尔托夫反对，由此分裂成孟什维克和布尔什维克。“文学家一定要参加党的组织”，针对马尔托夫，对党的文艺家而言。“文学”在西文中有广狭二义，广义指整个出版事业。一九〇七年列宁在一篇序言中讲到党的出版社。旧译文有“打倒非党的文学家”，中宣部找我研究过这种译法，严格讲，应该是“非党性的”。林默涵同志有文章解释。本文一九三〇年最早介绍到中国。

五月三十日　星期六，晴

戈宝权老师今天接着讲文学党性原则的实现和发展。他说，联共中央注意文艺问题发表了许多决议，最早一个一九二四年批评无产阶级文化派，团结文艺界贯彻党性原则，也有缺点，左右摇摆，常常以组织措施解决问题。

前天晚上看法日合拍的《广岛之恋》，在跳跃、混乱、肮脏的自然主义等等掩盖下，宣传个人无耻的爱情（女主人公说，“我想通奸”）与正义战争的对立，为法国女子与德国士兵的私情辩护，污蔑枪杀了这个德国兵的法国人。影片中常常有人身上某个部分一块肉的特写镜头，真令人恶心，骤看不知道是什么东西，可怕得很。

苏联电影《跟着太阳转的人》，想了一想，还找不出什么主题，只是玩弄色彩、电影技巧。

下午参加中文系运动会，骄阳之下，极疲倦，跳高跳到一点三五米，便不能再跳，与董志正同返回，在小铺子喝啤酒，吃冰棍。

六月十三日　星期六，晴

六月一日一早，微雨，后渐大，雨中乘校车至西郊校区劳动。夏日丝雨中方能显出城市的生意，悦人的阴柔之美。

下午，开始搬水泥袋，为期两周的劳动开始了。汗水摔在水泥袋上，一瓣一瓣的，啪啪响着。很久没有享受到这种劳动的愉快。

以后几天，搬砖、堆砖、扔砖，挖路、挖电线杆，修路。打飞夯，从没做过，是第一次，算是学会一些了。劳动中体会到，为人还应更踏实一些。这次是尽了力气的，但比自小常干体力活的同学，就差了。

劳动休息时打排球，郭影秋副校长路过，也进来参加了一会儿。

本周星期四，曾到中宣部看《伊凡的童年》，对战争的痉挛性恐惧，情节上的无道理的跳跃，给人一种刺激。

六月十六日　星期二，晴

前天看电影《自有后来人》，表现由阶级的、革命的感情联系起来的人们相互之间的深挚情意，他们一代一代接过革命斗争的接力棒，在最残酷、最恶劣的环境下坚持斗争，使革命的火种不灭地燃烧。首先使我感动的是革命的人情美，李玉和被捕时，他的母亲（实际是师母）敬他一杯酒，酒的倾荡表现了老人颤动的心潮。李玉和是赵联扮演的，演得最好。在家人面前他在亲切中故意显出孩子气，和老人、女儿逗乐，母亲爱抚地责备他，“做爹没有个爹样”。在斗争中他老练沉着；在敌人面前他表现出无产阶级的气概、自豪。这一切，都带着工人的特点，带着他的个性色彩。影片摄影颇好，叛徒王巡长去见日本宪兵队长鸠山时，一双穿着鲜亮皮靴的脚在台阶上停顿的特写镜头，表现此人畏葸犹豫的心理。

昨日看了三部电影。上午打防疫针，下午有反应，身体不适。

阿根廷的《大生意》，对资产阶级金钱拜物教的讽刺颇深刻，情节安排的喜剧性很强。看这部电影时联想到《献给检察官的玫瑰花》，觉得它们继承了伏尔泰那一辈的讽刺传统，用轻俏的笔墨，还“庄严神圣”的东西以小丑的本来面目，而同时，往往又带着玩世不恭的怀疑主义因素。

朝鲜的《红色花朵》，比《女教师》主题大大扩深一步，我们的教师是带着阶级感情去教育学生，是把教育当做阶级的事业。教师带学生参观木材厂，这样来教育学生爱护书桌。这种方法是正确的，与我们的解放军的政治工作精神很一致。看到李进锡的母亲双喜儿小时候的不幸遭遇，电影院里许多小朋友哭了。

西班牙影片《马歇尔，欢迎你》，也是喜剧片，在一九五四年戛纳电影节上得到最优喜剧片奖的。比《大生意》等影片积极些。它含蓄而深刻，一个小镇的人积极筹备欢迎美国代表团，据说，如果欢迎的好，每个人可以得到一件自己选择的礼物。耗费巨额钱财和精力组织好欢迎仪式后，美国人的车队却是疾驰而过，不曾逗留片刻。最后，全市每个人不得不拿出鸡、粮食等各种物品，共同担负仪式的费用。这就是马歇尔带给西班牙人民的。影片还接触到美国西部影片的毒害作用的问题。

六月二十一日　星期日，晴

“在您个人的主观的、仅仅对您一个人有意义的东西和对一切人有普遍意义的、有趣味的、珍贵的东西之间，您是不善于区别的。”——高尔基《给史·加·斯基达里茨》一九二八年十二月二十四日

十九日冯牧同志来讲课：《关于文艺现状》。首先讲“当前文艺战线的大好形势”。他说，十中全会前后，对文艺形势看法有发展变化，一九六一年广州会议以来，中央七千人大会以来，许多文艺部门离开了党和毛主席规定的方向，毛主席提出了严肃、严厉的批评，说，许多部门由死人统治，一是指戏曲、曲艺，也指在一些部门起决定作用的是死人的思想，即封建的、资产阶级的思想，放在供桌的中央。毛主席指示传达后，出现新气象。苏联等国家的演变是从经济基础还是从上层建筑开始的？在很大程度上是从意识形态开始的。斯大林进行了社会主义经济改造，但没有进行社会主义思想革命。在世界革命中，中国文艺界要挺身而出，举起马列主义革命大旗。捷克作家说，《创业史》接受了西方古典文学的手法，这不符合作品的实际。但《创业史》形式上的民族化确实不够。语言是群众化的，有地方色彩的，刻画人物、描写场景的手法吸收了西方古典文学。《红岩》在日本起到一部革命文艺作品所可能起到的最大的作用。霍查问周总理，为什么二万五千里长征在中国文艺中只有很少的反映？周总理说，有《万水千山》。霍查说，至少要有二十部《万水千山》。文艺战

线开始了革命的进军，至少有两个战役的胜利，即话剧全线的突破，戏曲、曲艺为社会主义服务的突出成就。京剧表现革命时代这一重大课题开始得到解决。林默涵同志把一九五八年话剧优秀剧本叫做话剧的第一个春天，一九六二年、一九六三年是第二个春天。从刘川的《第二个春天》开始了话剧艺术的第二个春天。反映当前生活的作品用实践驳斥了沉淀说（高尔基就批判过）、间隔说、距离说。《霓虹灯下的哨兵》当初评价也不一致，有人低估了它提出和回答千千万万人关心的问题上做出成功尝试的意义。当然，因为处理两类矛盾关系上经验不足，后一部分惊险情节多少淹没了思想内容。它在提出和回答重大问题方面，达到世界革命文学第一流水平，但在新英雄人物创造上还没有达到这种成就。最近有些作品形成套子，“地富捣鬼，干部下水”。敌人是从思想战线进攻，尖锐的是争夺下一代。林育生（《年青的一代》）不能说是典型，提出的问题有典型意义。丁海宽（《千万不要忘记》）是写的较好的正面人物，周总理、陈毅副总理出访回国，看四川的演出，说：“丁海宽是个教条主义者。”可能是这个人物议论太多了，后来他们看哈尔滨演出，改变了印象。里面过分强调料子衣服，陈毅同志提了意见。这是两年来最完整的戏，曹禺同志很折服。张光年同志说，《奇袭白虎团》是社会主义时期的《三打祝家庄》，本子并不怎么样，演出极为精彩。《丰收之后》语言比较粗糙，缺少个性化。它表现没有国家就没有集体，没有集体就没有个人。周总理说，还有另一面，即国家由集体构成，集体由个人构成，问题是把这三者关系处理好。西戎的小说《赖大嫂》也有这个问题。高缨的《鱼鹰来归》是反映阶级斗争的优秀文学作品，对理想与政策关系处理较好。《年青的一代》肖继业写得可信，也没有达到典型高度，正面人物理念活动太多，通过行动描写不够。为什么最大成就出在话剧方面？

首先是领导问题。小说是个人写作，不是有目的、有领导带着问题下去生活。周扬同志和林彪都提出重新考虑三结合问题，正确地三结合，领导出题目，给任务。我们轰轰烈烈的时代，要求对组织、教育群众有直接作用的艺术形式。苏联的芭蕾舞没有解决反映时代的问题，只能作为欣赏的东西，停滞的东西。关于京剧现代戏有一股斗争的潜流，争论的是京剧能不能表现时代，能不能像表现古代那样好地表现现代。《奇袭白虎团》解决了京剧表现现代人精神面貌的问题，也解决了唱的问题。决定作品性质的不是题材而是思想。写什么现在是极其重要的，但并不等于只有写十四年才是社会主义文艺。《蔡文姬》、《关汉卿》当然是社会主义文艺。社会主义文艺中也有高低，有闪耀共产主义光辉的，有不违背六条标准的。把社会主义文艺的范围限制得很狭小，不利于它的发展。毛主席看了《生死牌》，说里面有共产主义风格。第二个问题，讲文艺批评工作的几项任务。首先要成为战士，以最大的热情注视文艺上的反修斗争。毛主席对文艺工作哪怕是片言只语的指示，都具有原则的意义。比如最近对文艺工作的批评，就涉及基础与上层建筑的理论。林默涵同志说，文艺界对毛主席对马克思主义美学的发展研究得太不够，陆定一同志要求文艺界重新研究“两结合”方法的重要性。我们《文艺报》今年检查工作，头一条是理论性不够。要系统总结文艺创作尤其是话剧的经验。《文艺报》文章说“文艺从一九四二年以来”，两次被毛主席改为“从五四以来”。这和他《新民主主义论》等著作中的思想是一致的。一九五九年对新中国成立以来创作有总结，缺点是理论性不强，只是报账。现在有些文章不恰当地夸大成就，尤其是典型人物创造方面的成就。搞好创作要做到“三结合”，专业创作、群众业余创作和业余文化活动一起抓。领导的任务是指方向、给任务、出题目。作家深入生活一定要盲目下去吗？当然不是带着标题下去。创作也像打仗，要有计划。抓三结合有四条好处，第一，可以抓住重大问题，防止遗漏；第二，推动作家积极写作；第三，防止创作比例失调；第四，可以起鼓劲、鞭策作用。三过硬：思想过硬，深入生活过硬，艺术技巧过硬。四边：边看，边想，边写，边改。四比，比本区，比全军，比全国，比世界。第三个问题，对基本理论问题进行探讨。需要深入解决的有五个，一是基础和上层建筑的关系。在社会主义社会它们还有没有矛盾？矛盾的性质如何？林默涵同志最近从阶级和阶级斗争观点谈上层建筑，完全是毛主席的思想，以前经典作家没有谈到的，毛主席讲得最系统是在十中全会。二是关于反映时代问题。周谷城认为时代精神是各阶级思想的总和，我们认为是时代最先进的思想。有一种思想认为，让作家自觉自愿以至自发地反映生活，时代精神就会出来。前些年文学落后于话剧，尤其是反映农村的，李准、王汶石、马烽、杜鹏程，以前表现了非凡的才华，近年却很少出好作品。原因之一是农村这几年存在较大困难，有些作家割断了与生活的联系，领导过分迁就了作家，这是一个大大的失策。与此相反的是林彪的提法：有计划、有步骤、有组织，主动地、积极地以进攻的姿态反映重大问题。还要关心其他领域，我们的时代是丰富广阔的。三是典型问题。陈伯达、周扬同志再三向文艺界谈到这点。创造典型的中心是新英雄人物的创造。四是关于反映阶级斗争和人民内部矛盾。五是关于传统教育和前途教育。有些作品有现实而缺乏理想，这是邓小平同志去年提出的。周总理对《社长的女儿》最大的不满就在这里。他说："我们的共产党员、革命干部干嘛去了？他们把子女教育成落后分子，却不得不借助于血衣，如果没有血衣怎么办？"第四个问题讲古典文艺遗产批判。要对十九世纪文学遗产从阶级实质上批判。列宁评托尔斯泰是典范，高尔基有些分析深刻，但没准儿，时高时低。第五个问题支持新人新事新思想新成就。《广西日报》关于油画《耘天》的争论，关系到对新事物的粗暴。最后讲文艺批评态度，文艺批评的战斗性，首先是敌我分明。关于梁生宝和梁三老汉的评价，严家炎有许多好的艺术分析，但没有从这个形象是第一个塑造社会主义农民形象的意义上看。梁生宝是不如梁三老汉形象那么完整。

六月二十三日　星期二，晴、晚有骤雨

今天下午在中国文联礼堂，听王光美同志关于参加农村社会主义教育的报告。抱着见一见这位人物的好奇心情去的，受到意外的非常大的教育。她最后说："我也是剥削家庭出身，长期受资产阶级教育，当然带来不好的影响。但在某种意义上说，也有好处，就是使人经常警惕，注意改造思想。"她还讲到下去前，向少奇同志请示。少奇同志说："要有无产阶级立场，马克思列宁主义，党的政策，但除此之外，不要有任何框框，一切从实际出发。"她的报告把农村两类矛盾的交织和转化，斗争的原则和策略，理解得非常深刻而生动。事件情节的复杂，人物的性格都讲得绘声绘影，吸取了许多群众语言。比如说，多吃多占的干部都是手上有糨糊——见了什么都要粘。群众开始有顾虑，对工作组说，现在给干部提意见，赶明儿你们走了，我就要八寸的脚要穿七寸的鞋了。她讲话显得有股冲劲儿，生气勃勃，左右顾盼，热情洋溢。穿白短袖衬衫，蓝裤，很朴素。

到会的很多文艺界名人，刘芝明同志主持开会，末了说，"王光美同志讲起来像开机关枪"，王光美马上说："说话太快了？"刘急忙更正说，是指说话有气势。田汉、谢冰心坐在主持人旁边。我还看见华君武、赵子岳、赵联、王昆。老史休息时和赵子岳招呼，他们原来在一个文工团呆过，老史当然是小辈，但赵子岳很和气，像是邻里老爷子。

六月二十四日　星期三，晴

《文学评论》上曹禺的文章说，有的剧本“读起来它总给人一种走着瞧的印象，仿佛写的时候心中没有数，仿佛队伍还没有排列整齐，就开步走了。这种戏不给人完整感”。这一段话也适用于科学研究、科学论文写作。看中央的文件，觉得流转自然，引人入胜，层层剥笋，有节奏感和完整感。我现在正修改应付考试的论文，对于做到这一点之难，有所体会。必须把一个问题前思后想，才好着笔去写，写起来还会遇到意想之外的障碍，没有充分的把握，只好又回头来看材料。

六月二十五日　星期四

今天作家周立波同志来讲课，《关于典型二三事》。一开始，他表示，今天说的，是毛主席“观察、体验、研究、分析”八个字的注脚。第一个说第一性的材料和第二性的材料。文学和演戏一样，靠自己的实践，观察也是实践。不会观察的，下去了也茫茫然，眼睛不知道往哪里使。一九五四年我回湖南，一两年写不出东西来。我二十多岁离开湖南，很熟悉，还是写不出。现在，下去一星期，一个月，不论好不好，总能写出东西。所以，毛主席说的“熟悉”很重要。一定要第一性的材料，别人提供的材料我都记下了，但没有一篇用得上。文学创作一定要靠自己的眼睛、耳朵、鼻子，靠自己的感官。写人物是写小说最重要的一环，我开始是半自觉的，后来是自觉的，一下去就注意人物。赵玉林是有模特儿的，他的死也有那么回事，但赵玉林写得不好，因为我没有研究第一性的材料，第二性的材料也没有研究好，而是移花接木。写老孙头这个车老板子，是有点感性经验的。书出来大家都说老孙头，对赵玉林倒说不出什么，喧宾夺主。后来写《铁水奔流》就集中注意写李大贵。旧剧有这条经验，宾主分明。《铁水奔流》失败的是生活气息不浓。在东北搞土改半年，因为在运动中，所以抵得过几年。翻天覆地的斗争中，每个人都要表现他的性格。到工厂有几个不熟悉，要求住到工厂宿舍，领导不同意，当时情况复杂，怕不安全。自己感性的少，写出来清汤寡水。写小说也是人的因素第一，人是最不容易研究，你看久了他不高兴，我现在还感到这个困难。古元在陕北观察妇女，坐在窑洞里面炕上，从窗帘里面偷看。《山乡巨变》一般人提得多的是亭面糊，这也不是故意找的。文学不能从理念出发——我要写个英雄，这样很容易概念化。亭面糊的模特儿和我做了一年邻居。生活中大量是平平常常的，像马尼洛夫，果戈理观察得很细致。湖南有些领导同志很喜欢亭面糊，他有很多缺点，但本质上相信党，相信政府，比许多没有缺点的知识分子还要好。陈先晋在贫农里是大量的，我有点从"应该写"出发。"五四"以来的小说从欧洲吸取的经验多，从中国古典小说吸收东西少。在人物方面，《红楼梦》比《战争与和平》强。西欧很少有写几百个人物而写得好的。《红楼梦》除了小孩子写得不太好，其他一切人都写得好。中国从太史公起，写人物有一两千年的历史。欧洲小说，人物写得好，故事不完整的也有，屠格涅夫的《猎人笔记》就很典型。有文学修养的人爱看，要一般群众喜闻乐见就不容易。很多人写正面人物都很拘束，写非本质的缺点没有坏处。最近我到大庆去，那里有个王铁人，他们大家写他"铁"的方面，这当然也要写。我如果写，还要写他的"血"和"肉"的一面。比如他是陕西人，非常爱秦腔，简直是个秦腔迷。我和一个领导同志讲，他说："这可不能写！"《三国演义》写诸葛亮很拘束，写曹操就生龙活现。作家观察到的，熟悉的，往往不是有社会价值的，写出来很生动，但是自然主义的，矿藏到成品要经过很大的提炼。两方面吻合了，就能写出好东西。对人物要有细致分析，我在东北，听有两匹马的中农讲话和有一匹马的中农讲话，听得出很不相同。写工人，也要写工人队伍内部的复杂，如果仅仅作为一个整体看，就是概念化的。

七月三日　星期五

今天王元方同志来讲《西方和修正主义者音乐情况介绍》，关于西方音乐，大致可分两类，一是现代主义，即一九四八年日丹诺夫所批判的形式主义、世界主义；一是爵士音乐，商业化的。每一类有若干品种，爵士乐中有摇摆舞、扭摆舞，表现垂死挣扎的孤独恐惧的和极端个人主义的精神状态。现代派的音乐有十二音体系、电子音乐、偶然性音乐等等。十二音体系，在一次大战后发展起来，由奥地利旋保（勋拜尔克）创始，我们也要十二平均律，一般不用半音，这一套在中外有悠久历史，谐和动听。但他们认为太狭隘，太受局限。他们十二音完全独立，我们有主音、属音，构成一定调式，他们则彼此没有关系，完全平等，破坏调性关系，是无调性的，要求乐曲开始时必须十二音都出来，然后逆行，再转位（向上转和向下转），也反对三度音出现。这是没落阶级追求刺激的表现，完全是一种游戏，不再是创作。勋拜尔克的学生更进一步，否定旋律的发展，乐曲中许多休止符，支离破碎，有人称之为点描派。序列音乐，根据十二音体系理论，搞音列，在它所规定的不同长短的节奏完全出现之前，不能重复其中一种。音的力度，音色，也搞成这样的系列。一件作品中低音（振动数少）要长，高音（振动数大）要短。八度音之间振动数刚好差一倍，但十二个半音之间差别却很不规则，其振动数的差别无法由人控制，所以就产生电子音乐。电子音乐用对数表计算，用电器机械表达。这一派的创始人是西德的斯托克豪斯。这种音乐没有谱表，只有通过录音。具体音乐，由法国人歇菲尔创始，现实中直接录音，再放出来。偶然性音乐，利用偶然机会把许多音碰到一起。创始人是美国的盖奇。每一次音乐节少不了他的作品。比如，用一张透明纸，在上面点很多点，放到五线谱上，成为一支乐曲。引导人们脱离现实。无声音乐，创始者也是盖奇。音乐会开始，钢琴家坐在琴前面，四分钟后，站起来点头退场。他们有理论："把音乐看成音的结合是不正常的，音乐是以音响来隔开的休止符组成的。""我目前在创作一首交响诗，长达四十分钟，几乎全部用对称的对数形式的休止符组成，其中只有一个音，在三十三分十四点〇二八秒构成高潮。它是用三又四分之一英寸的水杯，用十六分之八到十六分之五英寸的莲蓬杆敲打杯子的左边缘。由于演奏技术上的原因，推迟了好几年，因为我无法决定哪一边是杯子的左边。"这是在正式音乐杂志发表的正式的论文。他们或者把任何音都收进乐曲，或者不要任何音。对群众影响更大的是商业上的爵士音乐，爵士乐本来是很好的东西，是黑人表达他们的思想情感的，资产阶级拿去商业化了，淫荡下流。生产是工业化的，大量粗制滥造。

修正主义国家的音乐。一九二三年，新经济政策时期，有俄罗斯音乐家协会和现代音乐协会两个组织，后者提出向西方学习是刻不容缓的任务，认为："音乐不表现思想，就是音响的结构。"肖斯塔科维奇当时就在现代音乐协会掌握的音乐学院学习。一九三二年，现代音乐协会解体，联共中央决议取消俄罗斯音乐家协会，批判"左"，排斥传统，排斥某些形式。一九四八年召开第一次代表大会，日丹诺夫批判形式主义、世界主义，很尖锐，大会还批判肖斯塔科维奇、哈恰图良、卡巴列夫斯基的宗派主义。大会不提音乐家的思想改造，不提音乐的社会作用，说“音乐是和平友谊的信使”，“快乐的源泉”，“各族人民生活的装饰品”。一九五八年苏共中央纠正联共中央关于音乐问题的决议，把《姆岑斯克县的麦克白夫人》这样恶劣的歌剧与《黑桃皇后》等经典并列。肖斯塔科维奇把叶甫图申科的反无产阶级专政的诗歌谱成交响乐，第十三交响乐。他说，要用音乐提醒人们和平是多么美丽，战争是多么可怕。要让每个人知道，人生下来就是为了活着。卡巴列夫斯基的大合唱说，当我们听到战争这个词，只有皱起眉头，胆战心惊。清唱剧《安魂曲》结尾说：“对死者，光荣有什么用？世界上所有人的喊叫也没有一个死尸会动一下。”他们认为群众歌曲已经过时了，要用生活歌曲代替。现代音乐适合于音乐厅、小房间而不是广场。匈牙利人认为摇摆舞可以刺激生产。我们一个艺术团在苏联演出他们的《游击队舞》，谢幕二十九次。

七月六日　星期一，雨

这一个时期，在写文章的过程中，尝味到工作的欢喜。昨晚睡觉时偶然想想，以游逛为身外之事，钱财为身外之物，不值一顾。

然而如何工作得更有效率，则仍是未解决的问题。上月二十七日去万钟处，坐在汽车上想到，做好两个三结合，即：理论、现状、历史的结合，观点、方法、材料的结合。学会“弹钢琴”，精与广结合。这些原则要具体应用到学习上，又是非常困难的。

七月八日　星期三，晴

文章写完了，较平淡，理论深度不够，然而是意料中的。因为要铺得开，先做一史的纵观。原拟单写巴尔扎克，写成后觉得现实感不强。下次当认真研究当代的典型了。问题具体了，就可能深一点。此次文章，对以后讲课，可以有较大用途。

星期天去岳母处，晚饭后在小院里，杏树下，款谈甚洽。当日上午与罗益民姐夫游故宫，他是星期六来的，那天同他去了北海。

星期六晚看《白痴》，精纯的艺术表现渺小的人物，真觉得可惜。

昨晚看《红菱艳》，甚为倾倒，其精细与含蓄可入曹雪芹之门。开场后几句对话内容丰富而出口自然，克拉斯顿旁边一个人指着说明书说“波朗斯卡娅”，克拉斯顿问：“波朗斯卡娅是谁？”“波朗斯卡娅都不知道，你还排几个小时的队？”（写出剧团之受欢迎，剧场里的拥挤、混乱亦是写此点）“我就是来听音乐的，帕麦作曲，知道吗？是我们的教授。”而后，听曲时发现整段是抄他的。这里写出克拉斯顿的性格，莱蒙托夫芭蕾剧团红极一时，提到重要人物波朗斯卡娅，引出帕麦剽窃，直接关系到下面对莱蒙托夫的揭露（暗刺）。女主角的温纯，男主角艺术才气和男性的气魄，都极可爱。

七月十七日　星期五，晴

前天，系里教师与进修班开学术讨论会，谈时代精神问题，我根据小组讨论，准备了意见，上去讲了一篇。

当晚看捷克电影《排演在继续》，颇具好感。尤其喜欢女主角的性格，独立刚强寓于温柔体贴之中，有东方的性格美。电影的思想亦很好。

晚归，睡觉之后，接祥馨发来的电报，她要在十八号动身来北京。夜深未成眠，起服安眠药。

上周，王庆生同志来北京开会，去西苑旅社看他，陶教务长、刘院长等也在，听他们闲谈两个小时。后来与邵达成副教务长同乘公交车回城，为了陪他，绕道西路，静夜从长安街过天安门，肃穆庄严，引人崇敬。

星期天陪王庆生同志游故宫、景山。

昨夜读书疲倦，后看欧阳修《与高司谏书》，一句三击案，指斥笑骂，痛快淋漓。

七月十八日　星期六，晴

昨夜去中国文联看电影《青山恋》，剧本平平，有些对话较空洞。但表演、导演多有精彩处。祝希娟扮演的山雀，纯真动人。她带领上海青年们上山时，挑着担子在前面走的形象，就是这个人物整个性格的缩影。王德华考问山雀一场戏，也极好，两个人性格都出来了。王德华是不更事的小调皮，山雀是敢冲敢撞的野姑娘。这一场戏也说明以片面的书本知识炫耀于人，是很可笑的。寄望把路春交给他的图纸抛到地上，路华沉痛地说，“怪我没好好帮助你”，此时伐木之声“嗵，嗵，嗵！”恰似心跳，表现人的心情激动。而后路春掉头走去，大树“哗”地倒下，表现寄望惊愕的心情。寄望要逃离的路上，用俯拍镜头，见他在暗夜中木头堆里窜步，摄影构图很好。

七月二十七日　星期一

祥馨于二十一日来京，没能对上时间，没有到车站接，她找到学校来，然后一同去了西皇城根她后母家。临时在厨房里搭铺，给岳母家添很大的麻烦。

怎么把这一段时间的生活过得更丰富、更有意义又更健康呢？这是我现在要考虑的。

八月三日　星期一，雨间晴

十几天一闪而过，日子不太如意，玩得不尽兴。没有做事，没有想问题，没有看书，有点浑浑噩噩。

昨夜再看《小兵张嘎》，感觉分外之好。制片很严谨，群众演员在奶奶殉难等场，表演都非常逼真。嘎子演得最好，摄影成就亦高。

昨天早晨读刘纲纪的文章，谈时代精神，解决了我的一个问题。原来觉得应该把革命的进步的精神唤作时代精神，但说不出道理，刘文说得较好。

八月五日　星期三，雨间晴

最近一段时间，类似于南方的黄梅雨季节，半小时内，阴晴变化几次。烘热闷人的中午，太阳很烈；几分钟，乌云起来，天暗下来，一霎时，铺天盖地的大雨倒下来，地上溅起几寸高的水花白沫儿，叫风一卷，一团团滚将过来，像大湖、长江中的巨浪似的。今天，在革命博物馆二楼上，祥馨叫我看到这番情景。尔后一刻，走几步，瞥见天安门城楼上一抹阳光，蓝天，白云，红墙，绿树，还有映在长安街积水中浓绿的影子。

上周星期一听林默涵报告，平易而深邃，娓娓动听，浃心切理，引起我思考基础与上层建筑问题的兴趣。

七月二十六日与祥馨以及益民哥游颐和园，归来，看电影《北国江南》，觉得很好，有同学说一部电影反映阶级斗争、生产斗争、科学实验三大革命。后数日，看汪岁寒等的批判文章，颇不以为然。今夜默思，又觉得影片有问题，难为它解释。我的感受力还是太钝了。

昨夜与祥馨去天桥剧场看哈尔滨市京剧团演出的《革命自有后来人》，动人至深。

八月七日　星期五，晴

从前天夜里起，我从岳母家搬回学校睡，晚看毛主席《在中国共产党宣传工作会议上的讲话》，毛主席讲到，写文章的时候不要想着“看我多高明”，要以平等态度和读者商量。

昨日与祥馨及其照去十三陵，在定陵，祥馨兴趣特别大，挤到前面听解说，其照只愿走马观花，我们也不好流连太久。

听老朱说，康生在京剧会演闭幕会上讲话，说，人们能同肯尼迪、蒋介石划清界限，却不能同党内一些人划清界限，这些人是指，“例如，阳翰笙，文联党组书记，也算是文艺界的一位首长吧”。当时阳翰笙也在台上。批判如此之尖锐，令人惊讶。康生看了《北国江南》很气愤，说名字应该叫做“一个瞎了眼睛的共产党员”，我看了开始却很喜欢，辨别力何其低！

继续读《还乡》，游苔莎像内部烂了的果子，外表红艳引人，实质已腐臭不堪。“她只觉得，男女爱悦，为忠心而忠心，没有什么意味；倒是为了爱情强烈而自然忠心，那才有很大的意味。一晌的热烈爱情，虽然顷刻消灭，也强似那微弱的爱情多年继续。”从阶级观点分析，这是资产阶级的；从民族习惯上说，这是欧洲式的。至于无产阶级的东方式的，则完全和这两样。在我们看来，感情、爱情，应如日月之光，虽日日常见，却又永远新鲜。这本书写得非常纤细，比喻奇巧贴切，刻画心理曲折细致，如蚁之引线穿珠。“信上的字，本来写在白色的纸上，但是他的职业（卖红土）却把信纸染成了惨淡的红色了，因此，黑色的笔画，看来好像冬天树篱间杈枒的寒枝，掩映在夕阳斜照的红光里。”（《还乡》第一百〇八页）

祥馨今天给我又洗了一床被子，我愈来愈懒了。

其照来京多日，我还没有好好款待过他，只是一起玩过，似乎有点失礼，怎么补救一下。

八月八日　星期六，日 晴夜雨

上午与祥馨去军事博物馆参观，十时入馆，十二时半出，只看了一小半。最喜欢看的是毛主席亲自批改的一些文件的原稿，能更细致地见出主席的精神。以后还要细看一次，记些笔记。

八月十日　星期一，晴

昨日到天安门，为祥馨照相，后与其照、万钟会合，到陶然亭玩。到北京一年，还没有来过此处。简单甚至略显荒凉，同行者以为是缺陷，我觉得愈见其清幽。划船，很有趣味。在船上照了好些个相片，有了前次照相失败的教训，此次不敢对结果乐观了。

在祥馨面前，我常常显得武断，常常好为人师。从即刻起，坚决改变，兢兢业业地改，随时要想到做一个趣味高尚的人。祥馨此次暑假，特别温柔，能忍让，甚至过于温柔了，她自己也讲过。

与祥馨家里的关系，在许多情况下，都处理得不太好。今后，要头脑清醒，冷静分析，坚持从政治观点看问题；同时，争取给人家好的印象。她家里的人都是老人，有许多旧思想。我是年轻人，行动应该像一个党所教育的青年，像一个共青团员。以前不对的，要本着这一精神坚决改过来，“在私人问题上无求于人，无必要卑躬屈节地去求别人帮助”。

八月十一日　星期二，晴

昨晚读《雷锋日记》，为他的纯洁思想所陶醉。雷锋的每一天，比我这段时间安排的不好的好些天日子的总和，还充实许多倍。我即使勉强能在正常条件下安排好生活，也不能在特殊条件下安排好生活。

今天下午与祥馨去紫竹院划了船。

看电影《两家人》，趣味较低，许多镜头惹人厌，境界不高。尤其在二珠、二婶等人物身上是如此。

八月十五日　星期六

接连三日与祥馨一起看球：十二日看足球，十三日看篮球，十四日看乒乓球。工人体育场灯光下黄绿错杂交映的草地，给人柔和舒适的感觉。十二日曾去龙潭游玩。

我的幼稚的时代应该结束了，在生活上，从此要更老练一些。

八月十七日　星期一，晴

上次看乒乓球，李富荣和周兰荪对抽，感到充分地享受。昨日下午到北京体育馆看武汉杂技团少年队的演出，也非常满意。尤其是椅子顶，小姑娘头顶方桌，还跳红绸舞，力量与技巧的优美结合。

昨晚与祥馨在劳动人民文化宫露天场听音乐，魏启贤再一次使我在欣赏时感到由衷的欢喜，男声四重唱及女中音罗天婵亦很好，还有杨秉荪的小提琴，奏出两个人对话的情味。

今日书麟来玩，数年不见，颇觉亲切。他还是那么老诚，现在与浦江清的女儿恋爱了，住在浦家。今日同去东安市场，我和祥馨请他吃烤鸭，在北海划船。

和祥馨谈话，历来总是我谈得多，她发表意见少。我有时是把意见强加于人了？总之，我不喜欢这种情况，希望快点改变。

八月二十日　星期四，阴

早上送祥馨上火车，八点三十分，列车徐徐开动，祥馨的面孔渐渐向南移走，终于不见了。

开始了暑假生活的第二阶段，要重整旗鼓，好好干一番。首先是要清理思想，除去腐恶，推陈出新。今天下午给老史写信，表示了这样一个意思。自己还要细细地想，看看毛主席关于知识分子改造的文章。

再就是改进学习方法，反对“本本主义”。从一部实际作品的分析，来学习有关“写中间人物”、“时代精神”等等问题。现在考虑是以《三家巷》、《苦斗》为思考的支点。理论方面的资料，尽力争取多看一些。

八月二十三日　星期日

星期四晚上去万钟那里，在幽静的公路上边踱边谈，他给我提了不少好的意见，说我有清高思想，组织觉悟不高，像是等党来找自己。另外，思想方法也片面——提意见是为了把事情办好，但我提意见常常不考虑效果，攻其一点，说得偏激。

另外，我有时还考虑薪金待遇，趣味太低。

八月二十七日　星期四，阴

上星期天下午，万钟来，至北海闲坐，饮啤酒一瓶，归来即睡。

星期一下午，与朱一之同去中国青年报社，参加《三家巷》座谈会，听了工人读者的发言，我也说了一篇。我发觉，自己的设想是就书谈书，但是评论应针对书在读者之中可能产生的作用，促成其好的作用，减杀其坏的作用。

星期一晚，留校同学七人去北海划船，颇尽兴。后在音乐茶座座谈甚久，恬然而忘怀一切。

星期二又去军事博物馆参观，主要看抗美援朝馆，细细看了许多英雄的事迹。有爱国的挑水老人，每天多挑两担水，捐飞机大炮；有以肉身垫火车的工人，使两列载军火的车厢不相撞。看到邱少云烈士烧剩的棉袄破片。看到这些事迹，对照起来，我还有什么缺点可以保留，不能割痛！

星期二下午去电影家协会看《早春二月》，一支人道主义的徘徊曲，不穿外衣的修正主义毒草。晚上讨论，大家拟写文批判。此片是毛主席批准公映的，九月份要出来。

昨天接祥馨信，她在武汉受到王庆生、刘兴策同志热情接待。

昨晚看《厚四姐》，模仿苏修的，可厌之极。

读《红旗》上汝信批判周谷城的文章，击节赞叹。

偶翻《瓯北诗话》，录王安石《登北高峰塔》，有句："不畏浮云遮望眼，自缘身在最高层。"

九月五日　星期六，晴

过了十几天战斗的生活，一个星期中写了三篇稿子。第一篇是讨论《早春二月》引起兴趣，草成一篇谈萧涧秋的人生哲学的。此文未写完，老朱代抄完了。接着写陶岚，是留校同学集体写作，大家的意思，我拿笔杆子。讨论中受启发颇大，原来是一点想法也没有，觉得评论这个人物很难下笔，后来很多同志出了不少好主意，问题搞得细多了。前两天已寄《人民日报》，上次文艺部主任张潮同志来我班，要我们写论陶岚一文。

中间，《中国青年报》高歌今叫我赶一篇谈《三家巷》的文章，二号当天赶成。

今天上午去雍和宫参观，佛像极多，有木雕、铜塑、壁画多种，脚踩、马踏人头，或身挂人头，可怖可憎，还有猥亵得很的。前者当是奴隶制度残暴性的反映，后者则不知何故。向老僧询问，他不肯作答，只扯了扯大乘小乘与密宗，并对我们议论神佛深为不满，对我说："怕你们造孽！"老僧已经七十多岁了，我也只能礼貌地听他说，不再问什么。

九月八日　星期二，晴

给《中国青年报》的文章五日发了，加了小标题，重点处用老五号字，很醒目，还标出“中国人民大学文学进修班学员”。

《人民日报》傅冬同志昨日送回论陶岚一稿，提了意见。她就坐在我们宿舍里谈，轻声慢语地。她原是农村部的，临时到文艺部帮忙。昨晚赶着改至下午一点，今天上午续改完，她们来取去了。

昨日及今日与老史长谈，发现我目前思想很混乱，要赶紧清理。

九月十二日　星期六

清理思想，自我检查提纲：

一，革命的根本问题，是站在阶级斗争的哪一边的问题。对于我来讲，根本的问题，最迫切的问题，也就是要把自己的命运紧密地与工人阶级，与贫下中农联系起来，真正背叛自己出身的阶级。能不能真正解决这个问题，决定着我能不能真正不断改造思想，做一个革命青年。

家庭情况，母亲思想情况，不从阶级斗争观点看问题。

分析家庭在新旧社会的政治经济情况。父亲早在一九五一年病逝，母亲是家庭妇女，这个工作一直没有认真去做，一直对家庭的性质缺乏认识。

母亲思想情况，看到她生活上勤劳节俭，没有看到她思想上对旧社会的依恋，认为是一般的思想落后。

对自己的思想，不从阶级斗争观点看问题。业务上想得具体，政治上想得比较抽象。没有与劳动人民感情上的血肉联系。喜欢平静的读书生活，思想上的矛盾斗争日渐减少，求实精神与革命锐气的关系。

思想斗争依靠组织少，自信自己可以解决。

革命涵养差，褊狭。

二，进步道路上的曲折。

个人与组织的关系，没有意识到在自认为细小的问题上依靠组织。

缺乏革命的持久性。

一九五八年下乡很有收获，现在急需到阶级斗争的实践中去。

九月十四日　星期一，晴

星期六晚《人民日报》傅冬同志送来论陶岚一文校样，上有副总编王揖同志十一日批的“请张光年同志审阅”，张光年同志当天的长篇批语，说“题目抓对了，一些分析也很有道理，可惜写长了”，赞成我们联系《莎菲女士日记》来论陶岚，然后是说他对电影的印象。傅冬同志又转达了林默涵同志的口头意见，大大夸奖了此文。我们当然比较高兴。但昨天下午再校改清样时，发现文章仍很粗糙，文字上不干净利索，中间一段分析较好。整个文章缺乏一以贯之的文气。

近日来，在写作中深深体会到集体的力量，不但能把一篇文章写好，而且能训练每个人，避免片面性。

今天去西郊听报告，孙泱副校长传达陆定一同志和邓拓同志的讲话，分别是在政治理论课工作会议和北京市政治工作会议上讲的。陆定一说，杨献珍、孙定国、胡华已经滚到修正主义边缘。宣传写中间人物的代表作是《北国江南》，里面的人物都是有好有坏，这也是合二而一的思想。慈禧太后封杨小楼为“御戏子”，因为他演黄天霸压倒了窦尔敦的气势。我们在舞台上表现，必须让窦尔敦压倒黄天霸。《红日》基本上是好的，但也写了莫名其妙的恋爱。写张灵甫不肯投降，自杀了。事实是，张已经表示要投降，战士打红了眼，把他打死了。何必把他写得那么宁死不屈呢？关于李秀成的争论，对历史人物的评价里有政治问题，不革命、叛变革命，可以舒舒服服，要革命就要流血流汗。

邓拓说，知识分子学习毛主席著作和雷锋不同，不是身体力行，而是一看就懂，一放就忘，一做就错。这个话说得非常准，非常有启发性。他还说，怎样才算听党的话？要听毛主席的话，少奇同志的话。我们讲话有违背中央指示的，可以提出批评。

上周看《天山下的红花》，色彩很美，然而影片思想有很大的缺点，敌我矛盾通过内部矛盾起作用，内部先进与落后的矛盾纠结在夫妻关系上。由于编导容忍了，甚至同情了封建的男权主义，效果就不仅是这一点，并且使正面人物气势受到压抑。丈夫的思想转变过程也写得平淡而不自然，概念化。

重看电影《我的童年》，十四年前上庐山避暑之前，在九江露天电影场看过此片，四千多个日子过去了，逝者如斯夫！影片不集中，因未树起主要人物，表现的是猪猡一样的小市民，看着令人感到压抑。似乎影片想以童心、人性，对抗黑暗、罪恶。

九月十七日　星期四

我们的学习小组开会，各人做自我检查，我检查后，大家发言：

夏之放：从小接受到一套的资产阶级立场观点，需要进一步清理。思想上有骄傲情绪，觉得有些名人的文章也不怎么样。上次从《中国青年报》回来，说人家发稿未发成是“胡闹”，情绪不对。在写作中，集体和个人的关系应该处理得更好。对大跃进中的某些不恰当做法说话随便。

陈剑虹：对家庭过去的影响，还要具体挖一挖，才能划清界限。骄傲，还要进一步检查，是否不自觉地流露，说话自以为是。

陈引颖：对家庭认识不够，需要明确考虑哪些事受家庭影响。不是学习理论不能分析，而是自己思想感情立场和资产阶级不能分开。在感情上和家庭联系很多。平时常说某篇文章不怎么样，自然流露的情绪，值得深刻考虑。不要满足于解决一个个具体矛盾，要考虑为什么有矛盾，怎样解决的，勉强的还是理性的。对爱人工作安排感到不合适，应该及时向组织上、同志们谈一谈。

孙振笃：生活上也可以看出娇生惯养。对家庭影响要想得深一些、细一些，把以前的事摆一摆，用今天的认识分析批判。理论上较好认识，感情上要切断联系就不容易。要有意识地帮助母亲改造思想。尤其注意争取参加斗争实践、劳动实践。

朱一之：在家庭中有时可能注意感情，就会放松原则。骄傲的情绪也是有，看到一些文章常常说没什么内容，妨碍自己虚心学到别人的长处、优点，吸取文章中的东西。开讨论会，质量不高时，表现出不耐烦的情绪。

赵锦良：要求进步不要产生急躁情绪，急于解决组织问题，因之产生苦恼。

九月十九日　星期六，阴

今天《人民日报》发表了我们谈陶岚的稿子《歌颂了什么样的“反抗”？》本来，我拟的笔名“文俊秀”，意思是文学进修班，清样上也是这样，前几天电话中请他们改为“文向东”，正式发表用的是这个。为中央党报写了文章，参加了眼前重大的战斗，心中感到很大的愉快。老朱出去买了十几份报纸，给暑期在校同学，无论参加文章讨论与否，都送了一份。

在今天的《人民日报》第一版的一篇短评《新人创新事》中看到一句话："人的因素第一，这是历史唯物主义的核心。"这个提法在表达方式上似乎是较新的。

昨晚去工人体育馆看八一队对体院一队篮球赛，临结尾出现极精彩的场面。差四分多钟时，体院队还少七分，我和同去的李文瑞离座要走了。可是杨伯镛接连切上几个球，不久追平了，六十五比六十五。这时，体院队犯规，差十五秒终场。体院队场外指导要求暂停，八一队罚球，三个队员守在篮下。八一队罚中两分。体院队发球，按部就班缓缓推进。尽管观众极为焦灼，他们仍不投篮，最后与锣声同时，十七号队员出手一球中篮，终成平局。八一队整场领先，配合较好，中距离与切上结合较好。

九月二十二日　星期二

中秋之夜，与陈引颖、董志正、孙振笃、徐于同游北海，荡舟湖心，吃梨赏月，后由景山下来，穿胡同踏月而归。

前天看朝鲜电影《百日红》，较近日上演的朝鲜其他各片为好。一开始群山峻岭，镜头缓摇，画外音是敲铁轨声，最后出现了主人公宇和。这样，就把主人公的性格、职务和环境，都介绍出来了。朝鲜影片常能以塑造正面人物为主，热情歌颂，这是非常好的。此片中的宇和还有点缺欠，这损害了他。在他的妻子动摇时，他竟也开始做了考虑："走吗？离开这儿？"但朝鲜片比较少能从现实的阶级斗争中刻画人物，这是一个重大的弱点。

老董给我补提了几点意见，是从一个政治工作者的角度，考虑青年教师的成长问题。这样提，使我观察自己的问题时站得高了一步，对自己更严一些，而心情更开朗些。

毛主席说自由主义的表现之一是：“自己错了，也已经懂得，又不想改正，自己对自己采取自由主义。”又说，自由主义者“赞成马克思主义，但是不准备实行之”。我是否已经下定决心，完全实现自己学得的马列主义道理呢？必须这样，只能这样！

九月二十六日　星期六，晴

小组鉴定会，大家对我的分析评论：

董志正：学习联系实际，能独立思考。比较注意要求改造自己，但有些想法没有完全实现。一段时期想到对自己做个小结，这个做法好。小组会开得不好时，有不屑一谈的样子，这样的次数多了，给别人某种感觉。家庭影响要经常注意。

史如北：无论如何要注意克服骄傲情绪。做什么事要开诚布公，有时有问题不容易暴露思想，比如对爱人工作调动思想波动，没及时谈。不大暴露，同志们不好帮助，以后要多讲，多暴露自己，善于暴露自己。正确解决个人和组织关系，真正把心交给党。对入党问题要积极争取，这和暴露思想也有关。劳动要养成习惯，不能只从一般道理来理解，这是改变人的精神面貌的大革命，是知识分子走什么道路的问题。今后对此问题要逐渐认识，从思想感情上和工农结合。表现有些暮气，旗帜不是很鲜明，容易弄得老气横秋，未老先衰。

夏之放：觉得有些话谈得不到底。朝气不足。

丁琳：对家庭出身问题能摆在突出地位，这是好的，这并不等于这些问题就解决了。老史的意见很好，语重心长。

陈剑虹：有些东西不外露，别人很难看出来。

孙振笃：学习上肯钻，分配的任务也能完成，但不够主动。以后要主动找些工作，锻炼自己。

朱一之：对自己的问题、缺点注意较多。学术上为了搞出跟别人不同的论点，容易走到片面，容易犯错误。对这些问题以后要从阶级观点分析，从战斗需要出发。对工作以后要从工作的需要出发，不要从兴趣出发。

九月二十九日　星期二，晴

二十四日看八一队对北京队排球赛，在球场上听后到的老董说，进修班要解散，各人回原单位，觉得这个决定在意料之中，又不禁惘然若失。当晚回来，即写信给王庆生同志，要求保留名额，回家参加四清。

二十五日晚又看八一队与国家队男女排球赛，二十六日看国际乒乓球邀请赛的中国队选拔赛。二十七日在人民剧场看京剧二团演出《扈家庄》、《将相和》、《三岔口》。李和曾的唱腔似水珠跳溅、圆珠走盘，有滚动流转之势。娄振奎饰演廉颇，听虞卿数说时，渐渐加深愧悔之情，演得很有层次，身子斜倾，作聆听与震惊之状。张春华演刘利华，善良可亲，武功使人叫绝。《将相和》剧本写得较好。一开始封相，廉颇说，“大王三思”，蔺相如也说“大王三思”，一骄横急躁，一谦逊从容。最后，赵王与廉、蔺同声大笑。赵王是得意欢畅，江山可保；廉颇是愧歉的笑，蔺相如是松了一口气，为国为己高兴。戏曲剧本，表面简单，总是给舞台表演以丰富的内容。

二十七日，全班与吴老照相留念。

十月二日　星期五，雨

与吴老照相那天，萧枫老师告诉我，已经决定要我留下来，到《文艺报》帮助写文章。九月三十日，范子保拿了介绍信，叫我同去东总布胡同二十二号中国作家协会招待所联系报到。到作协后，与陈默、李基凯同志谈，他们简单交代了任务，是批判邵荃麟同志的“写中间人物”论。当天下午即搬一部分行李到招待所，一日下午全部搬过来，并在此地住下了。

今天正式开始工作，看了不少材料。邵荃麟的错误是令我吃惊的。他的检查很不深刻。他的错误是过书斋生活，不到群众斗争的激流中去，不经过长期的痛苦的思想斗争。照鉴我自己，惊心骇目。在思想上犯错误而又坚持错误不愿改正的人，必然要跟着在组织上犯错误，这是邵荃麟的教训之一。

九月三十日看郭兰英、李波演歌剧《白毛女》。杨白劳死，喜儿哭尸一场，使人肝肺摧裂。然而全剧太洋化了，恐不见得再能回到群众中去。

十月一日，又去天安门前组字组图，今年站在第四排第二十九号，（去年是第六十九排第二十六号），几乎正对城楼上检阅台。看毛主席身形动作，很清楚，连点火抽烟也能看见。最后涌向天安门，一切更清楚了，大家兴奋至极，高呼口号。

十月五日　星期一，晴

招待所的生活，太舒适了，多少有一点"贵族化"，没人管，又有一点"自由化"，需要自己警惕，严以律己，经常检查，多和老范谈谈。

昨天下午进修班开联欢会，晚上我们第一学习小组全组去萃华楼吃饭，在一间大房中，十二个人颇为亲切。菜非常丰盛，吃了烤鸭，用标准吃法，非常好吃，每个人出两元多。

今天范子保陪我去王府井百货大楼买了一架飞乐牌晶体管收音机，花了一百元，心里很高兴。回来试听，效果挺好。昨天收到《中国青年报》寄来稿费四十元，上次《人民日报》寄来七十五元，其中四十五元作班费，三十元给我，我都交团费了，校团委退给我，这次就把稿费凑起来买收音机了。

今天，《电影艺术》编辑打电话来约稿，我征求李基凯同志的意见后，照他的意思回绝了。

十月十一日　星期日，阴

昨天下午，在大华电影院看《千万不要忘记》，改编之后思想较话剧更高，更突出了不仅是生活作风问题，更是生活道路问题。丁海宽后来一段台词很好：问题不在于穿的什么，而在于追求什么。把料子服、小家庭当作追求目标，就会忘了上班，忘了世界上还有人吃不上饭。这比原作更合情理，也更有气势。新人的塑造方面仍然很弱，比原作没有什么长进。

十月十五日　星期四，雨

下午去看《家庭问题》，出乎意外，艺术方面相当强，发掘了普通工人家庭生活中的诗意，触及了无产阶级的人情美和人性美。提出的问题并不是十分新鲜（已经有一些剧本提过，不过从小说来讲，提得也不算晚），而在解决问题上，有新颖独到之处。这也是表现了它的主题思想深度的地方——在劳动中表现福民的问题和福新对比，也在劳动中解决他的问题。不过，当然，劳动的作用写得还是不够。另外，导演处理成轻喜剧，这样，在文学内容一般的地方，却给表演上留了不少余地，有戏可做，符合这是“家庭”问题。

十月二十五日　星期日，晴

昨天下午，老赵领我们去日坛公园东郊使馆区，这一幽雅有人工美的领域，以前从未涉足，往后要多来观光。

这些日子，不善于迅速地集中精力思考问题，兴奋灶不能长期定在一点，常常从需要研究的问题上滑走。这是意志力薄弱的表现，要马上采取坚决的态度来改进。

祥馨来信说，她工作很忙，又做了辅导员，这样就比去年好得多了，对她思想有利。

十月二十八日　星期三 雨

上午接到母亲来信，说嫂嫂不幸病逝了，使我很感到伤惋。

昨夜去北京工人体育馆看中日乒乓球团体赛，情绪很兴奋。我比较喜欢寓刚于柔，不见其大挥臂而着重腕底功夫的选手，头脑冷静随时都是人指挥球，而不是拼命在追逐球的选手。

几天来，写第二篇稿子，甚感思路闭塞。今天放下笔杆，读《马恩列斯思想方法论》和毛主席著作，觉眼前豁然开朗。原来拿到材料提笔就写，岂不是瞎说一顿？自然要说下去，必须找到问题所在，然后再去调查材料，请教马克思列宁。另外，切不可仅仅拿引用当武器，重要的是说出道理。

十月三十一日　星期六，晴

昨天上午，张光年同志来这里与大家谈话，传达周总理对《东方红》演出人员所作的关于赫鲁晓夫下台等问题的讲话。关于我们的写作，特别强调了文风。听了他的谈话，更感到上一篇草稿太差，问题没有讲清楚，结构不严密，文风更不好。

晚上看《草原雄鹰》，出乎意料地差劲，剧本中散发的草原香味的泉水似的语言没有了。沙特克（电影中叫卡得尔）的魅人力量全失去了。只凭一些编导安排烘托的技巧而不能凭真刀真枪的斗争，想要树立起一个人物，那怎么可能？

十一月六日　星期五，晴

星期二参加中国作协机关党员大会，批判邵荃麟同志。一间不大的会议室，有不少人抽烟。陈白尘同志发言较好。刘白羽同志一段讲话，更是很深刻，他着重讲了作风问题。他说，邵荃麟的作风是教条主义的无限清谈和官僚主义的不闻不问。用无尽无休的会议，坐而论道，长篇大论，把你弄得头昏脑涨，然后塞进他的错误的资产阶级的一套。这样的教条主义，容易俘虏人。

当晚，看成都部队、沈阳部队演出节目。战士们演出时活泼振奋的精神状态，使人分明可以看出他们确确实实把文艺当武器，把演出当战斗。

草成第二篇文章，现在写稿，再不能有自得其乐的时候。这也许是好现象吧？——想求文风群众化而不能做到。

十一月十五日　星期日，晴

第二篇稿写成，似略较第一篇好，但在抄成时已觉出若干需要修改的缺陷，文风上则尚不能如人所愿。

昨天，参加一整天作协机关党员大会，由刘白羽同志作四个月整风小结。他指出，邵荃麟世界观是唯我主义，根本不想到自己要改造，根本不从实际出发，又不用实际检验自己，轻视群众，像列宁所说，认为“只有一个高谈哲理的个人是存在的”。说到邵荃麟的“反复”，就是一九五七年犯了错误，却又机会主义地要掩盖起来，忽然变成左派，同党耍个人主义的小聪明。但阶级斗争的法则是严酷的，这次瞒住了，下次又要犯。考察一个人，主要不是看平常，而是看大风大浪中站在哪一边。丁玲检查中提起过，毛主席对她讲，看一个人不是看几年，而是看几十年。当时是希望她痛改前非的意思。白羽同志还提到，毛主席最近同老挝爱国战线党文工团团员的谈话，说自己十五年没抓文艺工作，做了自我批评。这个文件传到北影，很多老同志惭愧地哭了。

昨天的会，促使我更严肃地对待批判任务，更深刻地认识批判任务。要作为战士去写文章，不做书生去做文章。

今天拟看毛主席著作中有关革命性的论述，对照自己，加强革命性，提高革命水平。

十一月十六日　星期一，晴

重读《人的正确思想是从哪里来的?》。真的，这些时，成天在写文章，或者准备写文章，但是，对于文章从哪里来，却想得不多，回答不全。这岂不是一件可怪的事情吗？这岂不是一件有点可怕的事情吗?

昨天参观徐悲鸿纪念馆，我不是特别喜欢他的画，只是除了他画的马以外。他在新中国成立前，给当时还是小学生的刘勃舒写信，叫他从活马学，说是比从他的画学好得多。

十一月十九日　星期四，晴

此刻，阳光正射到桌前齐白石画的虾上面。

毛主席对毛远青说，“有些高等学校教师，离了讲稿就没有办法上课”，他又提到讲哲学的经验，讲义发给学生，让他们提问题，然后根据问题再讲。毛主席和毛远青游泳，毛远青从水里出来，感觉冷，说还是水里面舒服，毛主席批评他：“你真没有用，就知道舒服！”

前夜在政协礼堂看《珠江风雷》，广州话演出，有译意风，普通话同时翻译。人物塑造（剧本，表演）较成功，能立起来的人物颇有几个。结构稍差，为强调思想斗争而拖沓（说服批判郭有辉一场），语言颇好。

十一月二十五日　星期三

昨天午饭后去中宣部教育楼，听周扬同志《关于文化部、文联各协会整风的报告》，三点钟开始，到夜里十二点才结束。他说，运动还没有结束，因为许多同志要下乡参加四清，要求他讲。他讲四个问题：四个多月来运动的估计，文艺战线上两条路线的斗争，我们的责任，对今后工作的意见。毛主席对文艺界批评不是一次，去年十二月，今年六月二十七日的批示是对各协会整风工作的报告。虽然我们也不满意报告，但没有主席想得深。那是个非正式的报告，由迎春晚会引起的。这个批示没有直接批评文化部，他们还是无动于衷。主席当面对我说，要把文化部的牌子摘掉，我当时估计不足，还给他们解释了一句，说他们正在检查工作，主席说，还在改，就暂时不换牌子。后来证明他们改的很慢。现在整风仅仅是告一段落，怎么估计？我看是进行了一场革命，很多人讲是延安座谈会以来二十多年第一次，更深刻，更激烈，在人民内部，党内，领导干部中进行。新中国成立以来，斗争不断，批判了一个丁玲会有第二个丁玲，批判了一个刘绍棠会有第二个刘绍棠。反右后说政治思想战线社会主义革命取得决定性胜利，决定了没有？主席一再说要和资产阶级思想斗争，《武训传》，《红楼梦研究》，反右。举一反三，我们是举三不能反一。定一同志对教育方面的同志讲，在文化教育方面资产阶级力量是强大的，这一点我们始终认识不足。搞文化还有个弱点，不能不搞遗产，也就不免要受毒害。资产阶级的东西真正系统保留的，是在文学艺术里面，我们大量的是学它，将来也还要学。再加上文艺界成名成家的诱惑力大。将来搞复辟，总是我们这一界的人。每次大革命，要在文艺界出一批叛徒，日本左翼作家在军国主义统治时期全都妥协叛变，只有小林多喜二的妻子坚持，她是贵族的女儿。一九〇五年的俄罗斯和现在的苏联，匈牙利不要说了。法捷耶夫自杀是一个信号，修正主义上来了。文艺理论要研究这种经验。文联党组的几个同志，我看很难说有什么共产党员的味道。把所有的单位检查了，主席的几十个字就得到了生动的材料证明。发动群众是否那么彻底？所谓彻底，就是群众敢于揭露重要材料，而且敢于互相揭露，最亲近的人敢于互相揭露。我们过去工作只有人民性，都是人民文学，没有阶级分析，没有依靠。我们的健康的力量还是大量的，特别在地方和部队，错误主要在领导。夏衍讲离经叛道，至少这些同志在文艺方面和毛主席对立，政治方面还可以研究。文艺不仅要是为工农兵所接受所需要，还要是他们创造的。这个问题历来就有分歧。陈企霞说秧歌进城笑死人，也没有笑死人嘛！反对工农兵方向的方式，是用大量旧的东西排挤你，他不反对你，他要把你挤掉，剧目变化最能看出阶级斗争。中国京剧院演现代戏，一九五八年十四个，一九五九年七个，一九六二年没有。连环画一年七千万，凡是出版的坏书，它统统改编。一九六三年奖励，《西厢记》评了第一。主席说文化部改为帝王将相部，是不是有充分根据！《李慧娘》、《谢瑶环》是反党反社会主义的，孟超同志，那个跋，谁能嗅出一点共产党员的味道？极端阴暗颓废，凄风苦雨，一肚子牢骚。贾似道指谁？也不去追究。总不是章伯钧、罗隆基，你感到它压着你。共产党员对于无产阶级专政感到压抑。重要的不是哪一句话，哪一个情节，问题在于整个思想情绪。最坏的思想是为民请命，把今天的领导干部看作权贵。《早春二月》就是修正主义，我们提倡革命，他宣传彷徨者。孙道临保存记录，夏衍、陈荒煤是把萧涧秋当三十年代的英雄歌颂的。《不夜城》当时我们也看不下去。这些作品不是周谷城写的，周谷城只提出纲领，是我们共产党员写的，是老党员写的。开头我对上述问题也没有重视，上海柯庆施提出问题，前年就提出写十三年，荃麟公开反对，田汉也跟我讲过。十三年不是时间概念，而是时代概念。对十三年那么反对，对三十年代那么热情。搞三十年就是不搞社会主义，顶多搞民主主义。张庚同志说五万多传统剧目绝大部分是好的，这没有起码的历史唯物主义。抢救遗产的口号是错误的，遗产事实上是抢救不了的，如果它有生命力，它自己会在群众中流传下去。一九五九年说中国演贝多芬第九交响曲是里程碑。《东方红》不是里程碑？写中间人物论不是先进落后的中间，而是动摇于社会主义资本主义的中间，问题严重性就在这个地方。荃麟就是自己动摇以为人民也动摇，自己处于中游以为人民也处于中游。写中间人物的人还有的根本反对人民走社会主义道路，批判的同志可以在这方面做点文章。赵树理同志就是找不到农村中革命的力量。看不到人民的力量，芸芸众生，人家是芸芸众生，你是释迦牟尼，是上帝！什么是现实主义深化？就是写人物的矛盾，写人物在社会主义中的动摇。不写动摇就没有深化。报上要公开批评一些人，有委屈情绪不是无产阶级的态度。别人也有错误，可以只批评你，难道要等到把犯同样错误的人都批评完了才能批评你吗？

听完报告回来，已经是下半夜了。今天和范子保对了一下笔记。

十一月二十六日　星期四，阴

情绪容易为一些极细小的事情所左右，人们常称之为资产阶级脾气，是我一极可恶的弱点。

十二月八日　星期二，晴

下午参加《文艺报》刊物检查会，检查八至九期合刊及十月号，受益很多。在写作的严肃态度上，在思想的全面、细致上，有许多具体的教育。

林彪说："搞好团结，要顾大局，不要只照顾自己。要尊重别人，不要只尊重自己，不要骄傲。"我目前特别应该深味这几句话。他还说："团结就是尽量地同心，不同心也要协力。"

十二月十九日　星期六，晴

前些天，张光年同志晚间来，和大家闲谈，着重地讲了批判现实主义遗产和传统的问题，从几次大争论，到蔡仪、何其芳的文章。要仔细清算是很花时间的事，资产阶级教条的确太多了。

光年同志说过，不要做文章，要发表意见。我有时弄错了，这很不好。文风的毛病，部分出于此处。

看完《艳阳天》，写得枝蔓了，人物太多，转来转去，把萧长春的身影遮住了。

十二月二十五日　星期五，晴

近三个月来，坐在房里写文章，是宣传马克思主义，批判资产阶级思想，但自己常常睡在床上想些乱七八糟的东西，名利观念又有开始萌动。就像毛主席在《反对自由主义》一文中批判的，马克思主义和自由主义两样货色齐备，各有各的用处。这是多么可耻的作风。中间有一段时间稍稍好一些，最近又发展了。绝不能让它存在下去，必须马上打倒。

昨晚，光年同志来，长谈很久，介绍了昨天下午毛主席接见亚非作家时谈话的一些内容，也对我们写作的题目提了具体的意见。

十二月二十七日　星期日，晴

前天下午，开团小组会，各人漫谈几个月来的思想状况，对我起了很大的促进作用。当晚，又和范子保长谈。要克服在人民大学进修班时存在的缺点，多向同志暴露思想。

今天下午与老范逛中山公园，很久没有这样闲散过了。

傍晚，何其芳同志来电话，打到作协招待所传达室，要我到他家里去；就在喜鹊胡同，不远。在那里，和他谈了大约一个半小时。谈的是关于典型的阶级性，关于阿Q的典型性等问题。他坚持他自己的观点，说是觉得“老说法”不圆满。我觉得，他是脱离当前文艺实践，离开马列主义原理来求“创新”。他没有举出什么新的理由，征引生活中的例子，和理论相距甚远。他的态度平易近人，对人是平等的。所以，我也无拘束地说明了我的看法。我觉得，在这个问题上，他的研究作风，研究道路，应该引以为戒。后来，他很客气地送我出门，还对我说：“王先霈，今天我没有能说服你，你也没有说服我。”我哪里会想到说服他！他说，马上要出发参加四清，不然，可以写答复我的作业论文的文章，两篇同在《文学评论》上发出来。真是一位善良的长者。

十二月二十八日　星期一，晴

下午开团支部会，欢送超龄团员退团。作家协会机关党总支书记刘剑青同志讲话，说到有些人对党组织敬而远之，有清高思想，抽象的党的观念是伟大、光荣、正确，对具体党员、基层干部则着重看到他们的缺点，把他们看作个人。——这些错误思想在我身上都有。

一九六五年日记

元月二日　星期六，阴

除夕的十九点多，收到祥馨的信，心里很是高兴。

一日上午应约去王伯伯家，饱吃了一顿瘦肉，想起了小时候吃过王伯母做的肉松。他们住在北京市生物制品研究所宿舍，很远，来去公交一块二角钱。王伯母慈祥地笑着说，吃的菜抵不上你花的车费。两位老人不久前到招待所来看过我。

一日晚上看电视，中央乐团综合音乐会。

今天写稿，写完了第一部分的草稿。

下午看排球赛，体院队对北京队，男队打得较出色，练球是学习日本的做法，特别新颖，很有吸引力。

今天抄周总理政府工作报告中的一段，夹在镜框里，引的是毛主席的话，说人类应该不断地"有所发现，有所发明，有所创造，有所前进"。

元月三日　星期日，晴

元日夜，与老范共读胡乔木同志词十六首，似南宋词风，而意境超拔。

昨天和今天努力，写出文章草稿的一部分，一个时期搁笔，又重新感受到写作劳动的愉快了。

元月七日　星期四，晴

《论共产党员的修养》："在某些个别同志中还存在着'小

气’，计较小事，不识大体等毛病。他们没有共产主义的伟大气魄与远大眼光，看不到大的方面，而对于他们鼻子下面的小事物却是津津有味。他们对于党内与革命中的大问题、大事变，不大感觉兴趣，而常常计较那一针一线、一言一语的小事，为了这些小事，他们可以郑重其事地和别人争论不休，伤感备至，也容易被别人的小惠所笼络。”

元月十一日　星期一，晴

昨晚，在民族文化宫听中央民族歌舞团音乐会，他们用一个多月的时间，学会少数民族汇演的节目，组织了这次音乐会。这个方向是对的。普及与提高的关系，确实值得重新探索。深入理解毛主席在延安的指示，特别对“在普及的基础上”这个指示，今天愈益认识到它的深刻性、正确性。音乐会中，除少数节目之外，大部是缺乏动人的感情力量，缺乏引人的艺术力量。歌舞团演少数民族古典节目很好，而演现代节目不行，这是什么原因呢?

前天看电影《箭杆河边》，对阶级斗争的描写，停留在十年以前的水平。大前天看《英雄儿女》，比较起来，是近些时好的影片。但是，事件戏剧冲突的一贯性感到稍差，似乎有两个中心，这就不免削弱了力量。饰演王芳的演员（刘尚娴）演得很好。

前些天去北京电影制片厂看《红岩》，赵丹完全歪曲了许云峰，演得不三不四。本来是正义凛然的地方，被演成无可奈何（比如设宴一场）。剧本也不太好，把艰苦的狱内斗争简单化了，有的地方又把革命者写的软弱了（比如江姐进山）。去北影时，魏钢焰在汽车上高谈阔论，有点像是刚涉世的小伙子。

可能不久要搬房子，这间房冷，又吵，然而对它也有留恋。特别是窗外的两棵树，远的一棵，直指苍穹；近的一棵，弯身向南，似乎在眺望我的故乡。

昨天最低温度，零下十五度，今天是零下十六度。

元月十三日　星期三，晴

前天晚上去民族文化宫看广州部队战士话剧团演出《带兵的人》，演出水平比剧本水平更高。连长（李长华饰演）写得好，但也有一般化之处，演起来却很有深度。整个戏的缺点是故事性强，而性格化稍差。优点是“像”，像部队生活，有战士气质。

元月十五日　星期五，晴

昨天晚上打电报，要祥馨到北京来。后在王府井大街大明眼镜公司配了一副眼镜，花了十三元。

读《列宁论文学与艺术》中附录的回忆文章，感受最深的是对工农的爱。列宁说，“我们关于艺术的意见是不重要的，在总数以千百万计的人口中，艺术对几百个人，甚或几千个人的贡献，也是不重要的。艺术是属于人民的。”他还说，“我更希望在偏僻的农村成立两三所小学，要比展览会上的一件最出色的陈列品还要好些。”以后，一定要切记，用群众的喜爱作为标准来衡量，用对群众有无作用，有无利益，有无帮助作为标准来衡量，来确定自己对文学艺术作品的态度。

元月二十五日　星期一，晴

老范搬走了，我一人睡在这里，以前还从来没有一个人住一间房。此后，要慢慢习惯了。也许，这能对提高工作效率有好处，但更需注意慎独。

祥馨二十一日夜间到京，感觉她的精神多了一些新的健康的东西。李基凯同志帮我在东总布胡同十号院暂借了一间房，又让总务给了许多煤。

二十二日看《新的一代》，先进人物与群众的关系处理得不够好，先进人物行为的动机不够高。但明淑一往无前的性格，还是值得钦佩。

二十三日看电影《雷锋》，艺术上稍差，不能给人浑然一体的完整感，但雷锋的事迹本身的力量，却使我几次流泪。

首先，这次寒假我得更注意节约，切不要乱花钱。同时，要使假期内容充实，做点有意义的事，不要混日子。

十七日曾看徐寅生关于如何打乒乓球的文章，感受最深的是，他那种革命的志气。这正是我最薄弱的地方，所以缺乏意志力，干劲不足。

元月二十七日　星期三，晴

昨天开小组会，回顾近四个月来的情况，老赵给我提了一些意见。今后，要更注意同志关系，同时要活泼一点，多与人接触。

学习"二十三条"，结合我们的工作。关于社会主义教育运动，有三种提法，一是四清和四不清的矛盾，二是党内外矛盾的交叉，三是社会主义和资本主义的矛盾。毛主席说："前两种提法，没有说明社会主义教育运动的根本性质。这两种提法，不说什么社会里的四清四不清的矛盾，不说什么党的内外矛盾交叉，也不说是什么历史时期、什么阶级内容的敌我矛盾和人民内部矛盾的交叉。从字面上看，所谓四清四不清，过去历史上什么社会里也可以用。所谓党内外矛盾交叉，什么党派也可能用。所谓敌我矛盾和人民内部矛盾交叉，什么历史时期也可能用。这些都没有说明今天矛盾的性质。因此，不是马克思列宁主义的。"

关于阶级和阶级斗争，毛主席说："忘记几十年来我党的这一条基本理论和基本实践，就会要走到邪路上去。"关于思想方法，毛主席说："努力避免片面性和局限性。无论什么事情，都必须加以分析。把什么事情都看成是绝对的、静止的、孤立的、不变的，是形而上学。""罗列一大堆表面现象，拼凑一大堆枯燥无味的条文，使人得不到要领，是烦琐哲学。要提倡唯物主义辩证法，反对形而上学和烦琐哲学。"

二月九日　星期二，晴

农历初一，也就是二月二日，与祥馨到北海公园游玩，迎着北风坐在露天阳台上喝茶，冷气与热茶一并进入口腹。

初二，二月三日，至颐和园，南行，绕墙，沿湖，过绮绣桥，玉带桥，在绮绣桥跑上跑下，自下视上，人若由天上飞下。在冰上照相，背景是十七孔桥。颐和园北段极美，为此前所未赏识。

初四，二月五日，拜访老朱，到他们学校打乒乓球，他很热情。

祥馨给我提意见，说我对人不热情。我近半年来尤其变得狭隘，冷淡，急需改正。

七号星期天，与祥馨并万钟游八达岭。在车上闲谈中学同学之事。到长城上之后，缓步当车，毫不觉累，即到高处，似觉不如上次来时艰险。从山上，见到涧水冻结成为小的冰川，煞是好看。

贺兴安同志和缪俊杰同志来访，很意外，也特别高兴，他们谈了许多新消息。

近日来，报上常刊登关于人民群众革命精神的各种消息；读后，发觉我的思想水平逐渐与先进人物距离更远，有时竟似乎不能相通，这太危险了。譬如今天听广播，听到老工人带着阶级感情做广播操，心中颇不以这种说法为然，似乎觉得是过甚其词。后再听下去，方知，这是他们的深厚情感的流露，也表明他们体育锻炼目的的明确。我要急切地改造，否则会滋生出不少荒谬的思想来。

二月十五日　星期一

此后，在一般情况下，每天都要读毛主席的书，不可一日稍殆。

今天读《中国共产党在民族战争中的地位》中“学习”一节。毛主席提出学习的三个方面：理论、历史、实际运动。理论是马克思列宁主义的革命理论。学习理论应该力求系统和结合实际。实际是首要的。如果是空洞的理论，再系统也只是教条的汇集。马克思列宁主义的系统反映了世界的规律，反映了各种事物和过程的联系，所以，应该尊重这种系统。从事理论工作的人尤其要这样。在这两方面我都做的太差。关键也还是脱离实际。实际是什么？毛主席从领导革命的需要指出了两个方面。一是历史，主要是本民族的历史。毛主席说：“由于中国社会进化的落后，中国今日发展着的辩证法唯物论哲学思潮，不是从继承与改造自己哲学的遗产而来的，而是从马克思列宁主义的学习而来的。然而要使辩证法唯物论思潮在中国深入发展下去，并确定地指导中国革命向着彻底胜利之途，便必须同各种现存的反动哲学作斗争，在全国思想战线上树立批判的旗帜，并因而清算中国古代的哲学遗产，才能达到目的。”如果在批判的旗帜下去清算历史，真正研究历史的辩证发展，而不只是翻翻历史的记录，那就能使理论活在自己民族的传统之上。这就是要运用马列主义理论批判地整理历史遗产。

实际的第二个方面是指实际运动，要了解当前运动的全面，它的发展，了解层出不穷的新东西。我对当前情况的了解，仅仅从作品这一个方面，而且总是没有企图从现象去认识社会主义文学的规律性。所以，今后学了理论，要用在思考当前的种种问题。观察当前问题，要用理论分析。

今天背诵这一节最后一段。

二月十六日　星期二

今天着手翻阅有关从世界观上批判“写中间人物论”的材料，带着这个问题学习《毛主席语录》中“群众路线”一节。毛主席说：“群众是真正的英雄，而我们自己往往是幼稚可笑的，不了解这一点，就不能得到起码的知识。”我们看过去一批知识分子，在人民面前，总是以拯救者、指导者自居，带着悲悯的心情议论群众的“落后”。在历史发展面前，这些人毕竟显得是可悲和可笑的。

《列宁全集》第一卷：考茨基在其《论马克思经济学说》一书前面所载的“一段很正确的题词”——“谁不赞美克洛普什托克呢？但是，每个人都会阅读他的著作吗？不会的。我们希望能人们少恭维我们，而多用心阅读我们的著作吧！（莱辛）”

二月十七日　星期三，雪

晨起，薄雪铺地。

“把功夫用到点上，让效果落到面上。”——刚才从广播里听到这句话，好极了。

看今天的《光明日报》，京剧《芦荡火种》改名《沙家浜》，原来使人有陈旧之感的地方去掉不少。我原来所喜欢的，是不是那些比较陈旧的部分呢？我的欣赏习惯中是有一定的旧势力的影响的，必须根除。

今晚光年同志来谈话，讲到要宣传毛泽东文艺思想，使文艺界、业余文艺工作者家喻户晓，而且去实践它。接着，按此精神，提出了对安排下一段工作的意见。他的这个讲话使我很兴奋，做毛泽东文艺思想的宣传员，这是多么光荣、庄严的任务，对自己的思想、业务提出了更高要求。必须把毛泽东思想真正学到手。

二月十八日　星期四

按照小组的安排，今天阅读毛主席《在延安文艺座谈会上的讲话》。毛主席说："坚持个人主义的小资产阶级立场的作家是不可能真正为革命的工农兵服务的，他们的兴趣，主要是放在少数小资产阶级知识分子上面，而我们现在有一部分同志对于文艺为什么人的问题不能正确解决的关键，正在这里。"几年以来，我对文艺上许多问题认识的错误，关键也在这里。例如，一九六三年初，听说禁演鬼戏，我感到惊奇。其所以惊奇，就是只从少数知识分子出发，不从群众需要出发去考虑问题。这次看了电影《雷锋》，分明自己也几次感动得落了泪，但仍然从"艺术"出发，对它没有什么热情，看不到它对工农群众、革命青年的巨大的教育作用。

我对工农群众的评论、创作，一直比较缺乏热情，就像毛主席说的："不爱他们的感情，不爱他们的姿态，不爱他们的萌芽状态的文艺（墙报、壁画、民歌、民间故事等）。"总是拿些艺术框框去套他们的作品。今后要特别注意，向群众学习，向群众的创作、评论学习，从中吸收养料，充实和丰富自己。在这中间，改造文艺观，改造世界观。

二月十九日　星期五，阴

今天收到祥馨离京后第二封来信，有理有情，使我感触颇深。

工作安排略有变动，在这空隙时间里，我准备多学毛主席著作。针对自己几个月来的思想问题，参照许多同志的经验，我先学《纪念白求恩》。

几个月来，我是“一事当前，先替自己打算，然后再替别人打算”。比如讨论选题，自己认为哪个题目上得去，就想写，完全不是从工作出发，而是出于一种个人考虑。这和白求恩同志的精神比较起来，是多么可耻的思想！

“毫不利己，专门利人”，这句话并没有成为我的生活格言，脑子里根本没有树立起这样的观念。没有想到时时以这样的标准要求自己，而不自觉地常常从利己出发，从对自己方便出发。

“对工作的极端的负责任。”因为缺乏克服困难的毅力和认真的作风，对工作往往是到了最后就放松了。不是像工人对产品那样，不放过半丝误差。

这一段时间，琐屑、狭隘的思虑，都是由于缺乏专门利人的共产主义精神。必须迅速抛弃这些羁绊，做一个脱离了低级趣味的人。

二月二十日　星期六，晴、大风

祥馨这半年确实有些进步，而我则后退了。

二月二十一日　星期日，晴

昨天看了《五四运动》一文，毛主席在这里提出，知识分子是革命的、不革命的还是反革命的，最后分界线是只有一条，那就是看他是不是愿意并且实行与工农群众相结合。重点是在实行二字，口里空喊愿意，老是不实行，其实并不是真正愿意。我不善于接近工农，因为没有他们那种生活、那种感情。自己又不千方百计地去接近。

今天，马连儒同志来告诉我，辅导中国作协机关勤工人员学习毛主席著作，要我去讲第一课。这是一个绝好的学习机会。去讲课，实际上是去当学生，向这里的工人同志学习。要争取讲好，抱着改造自己的决心去讲，通过讲课，希望能与他们搞好关系，今后也多多学习。

昨天下午，去人民大会堂，参加欢迎坦桑尼亚总统尼雷尔的大会，比较清楚地看到刘少奇主席，周总理。讲话完毕后，有文艺节目，《东方红》第四场，丰收舞，节日之夜，都好极了。特别是《东方红》中"保卫黄河"一场，以及《节日之夜》，使人兴奋到忘情的程度。合唱《远方的客人请你留下来》，非常动听。回来，几个人去江西餐厅，吃我的家乡菜。

二月二十二日　星期一，晴

昨天万钟来，他谈到恋爱问题时，有些东西很不合我的口味，虽然我们在其他方面是很要好的。

昨晚看电视，京剧《沙家浜》，从京剧艺术上看，是一个创造性的发展，超过许多传统戏了。沙妈妈骂敌人的一段是激动人心的，但对阿庆嫂过多强调灵活的一面，也未必好，有时候会给人一点不舒服的感觉。比如，拷问沙妈妈时，装出很自然的笑容一节。此剧艺术上相当完美，但感人力量无论如何是远逊于《红灯记》，因为英雄人物没有完全树起来。

十九日看华东地区美术展，艺术上较华北及东北地区的似更好。江西的《新报纸来了》，画三个人在稻田旁喜读新报的面容，和邮递员的背影，颇为动人。

当晚，看电影《带兵的人》，连长较话剧更感人，区小龙的觉悟主要通过阶级教育，想起昔日之苦，回忆老革命同志的精神，这样很好。

摘抄伍银苓《我给毛主席当警卫员的时候》，斯诺《西行漫记》。其中有毛主席对青年时期的自述，四十年代对指战员的谈话。

二月二十八日　星期日

二十三日夜间，光年同志召集《文艺报》核心小组、理论组以及我们评论组的同志，传达周扬同志当天上午关于思想批判工作的讲话。对我们有的批判文章有些批评，主要是关于陈翔鹤的历史小说的，说是有片面性，批得牵强了。之后，在星期四、星期五又连着讨论了两个上午。根据“二十三条”的精神，对前一阶段的工作，做了回顾和总结。特别是从克服片面性这一点来进行检查。今天细读二十三条，第一条，大好形势和严重的阶级斗争。过去常把两者割裂开来。文艺上出了多种问题，便只看到严重的斗争，看不到大好形势。以前则只看到大好形势，忘记了阶级斗争。这两种，究竟怎样辩证地认识，现在还不十分清楚。一九六一年、一九六二年，是不是大好形势？

这个讲话，听起来特别亲切，因为身在其中，自己感受到许多毛病，自己也犯了一些毛病。近几天因为改文章，较忙，此后几天，还要学习一些文件，从理论上把这次收获提高，并立即在实践中巩固。

连续几天，忙于开会，改文章，看戏，没有好好学习。翻看几年来摘抄报上的好文章，仍然很有用处。今天又摘抄了辽宁女子排球队的学习体会，牡丹江水泥厂工人的谈话，《人民日报》上鲁德的文章。

怎样写文章，写作中的思想方法问题、文风问题，始终是我很苦恼的一个问题。毛主席在给刘建勋、韦国清的信里谈到改进报纸的问题，指示：“钻进去，想了又想，分析又分析，同各省报纸比较又比较，几个月时间就可以找出一条道路来的。”我这几个月就要钻研一下，分析范文，想经典作家关于思想方法的论述，找出一条正确的路，走下去。

看华北话剧、歌剧观摩演出中的《青松岭》、《代代红》二剧，都还好。《青松岭》写了一个老贫农，人物能站起来，这在目前是难能可贵的。缺点是拖沓而又不能展开。《代代红》写了好几个人物，都比较活，编剧的笔法还是老练的，有一定的生活基础。主人公纯朴，是农民战士的典型。

修改文章中，感到别扭，这种时候就不愿意写。为什么这样？对比徐寅生，学习他，他也曾打球感到别扭就想“不要这一局”了，后来坚决改正，就能过硬了。这一点要在实践中逐渐去磨，有意识地锻炼。

三月二日　星期二，晴

昨天摘抄廖初江、丰福生、黄祖示学习毛主席著作的体会，哈尔滨工业大学机床教研室《以毛泽东思想为指导研究机床的内部矛盾运动规律的几点体会》。

昨天下午，看北京人艺演的《矿山兄弟》，觉得编剧演出都很差，表面的东西追求的多，触动人心的东西挖掘的少。老二的思想来龙去脉不清楚，问题的解决也是突然而缺乏根据。老三在困难关头缺乏闪光的思想和行动。

晚上看山西话剧团演的《刘胡兰》，很好。演刘胡兰的演员较朴实可爱，刘胡兰与党的关系处理得较好，显示出她的成长过程。

今天收到祥馨从乡下写来的信，她住在贫农家里。

虚荣的人注视着自己的名字；

光荣的人注视着祖国的事业。

——何塞·马蒂

三月三日 星期三

写一篇文章，是注视着题目下面自己的名字，还是注视着它对人民是否有利，能起到多大的作用？有时急躁，有时情绪低沉，寻根究底，莫不从个人的琐屑考虑而来。自己往往不敢深入挖掘这种情绪后面个人主义的东西。根据我自己的规律，是在平时较少名利之心，而当处在某种情况下，如发表文章时，就起了名利之心。还有时，常常不自觉地愿意自己的见解、意见受到重视，起较大的作用。那么。此后我就着重在这些时候、这些地方加强思想斗争，努力克服坏思想，时刻记住毛主席的“全心全意为人民服务”的要求。

今晚学习《毛主席语录》中“为人民服务”那一部分，觉得思想境界大为提高，感觉到很愉快。

我还有一个问题，是喜欢和周围的人比，自己觉得比别人行，就没什么；倘若比别人差，就要难受，情绪不高。这更是个人主义的产物，同志作出成绩，为什么不鼓掌欢迎呢？今后一定坚决改正这种恶劣的态度。要革命的进取心，不要个人主义的好胜心。

三月六日 星期六，晴

盼望了很久很久，今天终于看到音乐舞蹈史诗《东方红》。中国革命是在艰难曲折的道路上走过来的，在每一个岔路口上，毛主席是坚定的正确的引路人。革命的逐步发展，毛泽东思想的伟大光辉，史诗给人极深刻的党史教育。“星星之火，可以燎原”，史诗里用了多么壮美的画面，形象地说明这句名言。五次反围剿前后，革命被机会主义分子带入歧途，遵义会议的光芒，照亮了方向。

看完演出，老范、老陆和我十分高兴，一路说回来，不断地赞美。

三月八日　星期一，大风

大风实在可厌，这声音使人心烦。

昨天看一天戏。上午看北京人艺演的《凌雪梅》、《培养》、《生活的彩练》，晚上又看他们演的《山村姐妹》。下午看河北话剧团演的《战洪图》。都是华北话剧、歌剧观摩演出会的戏。《战洪图》剧中人说的“晚上下雨白天晴，收下的粮食没处屯”。是民间谚语，很有趣。

三月九日　星期二

“我介绍你一条经验，你以后再遇上感情冲动或情绪不高的时候，就赶紧想一想，是无产阶级感情，还是小资产阶级感情？是为了工作还是为了自己？要是不对头，就赶快刹车！愈快愈好。这办法我用过，有效。”

——录自短篇小说《机场上的故事》

《中国革命战争的战略问题》：“然而当着敌人改变其军事原则使之适合于同红军作战的情况的时候，我们队伍中却出现了回到‘老套’的人们。”建国之后，阶级敌人接受教训，改变了他们的斗争策略，近年来尤其着重于“和平演变”的方式。从胡风到右派，到一九六一年至一九六三年的进攻，一次比一次隐晦曲折，今后必定还有反复，也必定更加曲折。敌人改变他们的斗争策略了，我们却坚持“老套”，怎能不吃亏呢！

三月十日　星期三

《中国革命战争的战略问题》一书，主要是为批判新的“左”倾机会主义路线在军事方面的错误而作的。《实践论》是为着用马克思主义的认识论观点去揭露党内的教条主义和经验主义的错误而写的。毛主席总是在批判错误思想时发展马克思主义。他的批判，不只在于指出对方错了，也不只在于指出错在哪里，也不只在于说马克思列宁怎样看待所论的问题，他还详细地，有说服力地从正面阐述这一问题，说明自己的见解，总结进人民革命的新的经验，把理论推进一步。

三月十五日　星期一

光年同志将要出国，特别忙，叫我替他执笔写一篇专论。此时方觉文笔之重要，意思他都说了，要求的是文字，要有号召性、鼓动力。写成了，不知怎么样，觉得许多地方气还是不足。

把我必须加紧努力的地方开列一下：

缺乏耐性、恒心。粗枝大叶，不细心。对人不热情，遇事为别人考虑不够。字写得太差。理论上的抽象思维能力不够，思考问题不善于抓住一个问题想到底。独立生活能力差。情绪容易波动。

《中国革命战争的战略问题》："为了进攻而防御，为了前进而后退。为了向正面而向侧面，为了走直路而走弯路，是许多事物在发展过程中所不可避免的现象，何况军事运动。"

三月十六日　星期二

毛主席讲革命战争的战略，是建立在对红军，对国民党力量，对中国经济、政治的深刻分析之上。他批评有些人因一时的环境很顺利，或者虽有严重的环境而看不到，因此轻视敌人。另一方面，对自己的弱点也不了解。日常工作就是斗争，就是打仗，在这种战斗中，我对敌我双方力量的分析是极其肤浅的。不看到自己的一些根本性的弱点。昨天，光年同志讲了一下，我们写的文章的局限性。最差的首先是缺乏阶级感情，因此文章不能动人。缺乏深刻思想，不是抓住一个问题、一个角度突进，而是在问题核心的周遭转，游而不击。这些根本性的弱点，要做最大努力来克服。办法一个是学习毛主席著作，一个是在生活中做有心人，观察、了解群众（各类群众）的心理，兴趣，需要。

“人们太看重了敌人，太看轻了自己，因而采取了非必要的退却方针，精神上同样地解除了防御的武器。”“然而这种错误，往往有一种‘左’倾轻敌的错误为之先行。”这句话太符合我的情况了。接受教训，任何时候不要犯轻敌的错误，要以最大的谨慎与细心去做。

三月十七日　星期三，晴

《年青的一代》肖继业：“辨别正确的方向，这在我们社会里并不困难。党已经把路给我们指明，同志们也会及时地给我们提醒。重要的是自己要有走正路的决心。在革命的路上还有许多障碍和困难。要走这条路，并不是每个人都有足够的勇气和意志的啊！”

今天《人民日报》转载第五期《前线》杂志的文章《认识要经过反复——学习毛主席关于认识论的一个重要思想》。正确认识客观事物，要有反复实践和反复认识的过程。认识了事物的一个方面之后，还要继续认识它的对立面；遇到暂时的失败不要悲观。

三月十九日　星期五，晴

清晨五时起床，在清冷的空气中前往中宣部，后坐大客车出发前往东郊机场。车经工人体育馆附近，透过稀疏的树林，见红日如在跳跃，春天的清晨令人舒适之极。欢送澳大利亚共产党希尔同志，在两米距离看到邓小平、彭真等同志。邓小平同志精神抖擞。

晚看电影《不夜城》，在文化部礼堂，影片乌七八糟，令人作呕。

三月二十日　星期六，晴

晨六时一刻起床，读毛主席著作，呼吸着新鲜空气，吮吸真理的乳泉。

毛主席讲到军事家的战略头脑。我想，我们每个人都统帅自己的精力，精力的运用，好比兵力的运用一样，要善于主动灵活的使用，不能取应付主义。

在京的日子里，一要学毛主席著作；二要完成工作任务，在工作中学习；三要练字。

毛主席在“反攻开始问题”一节里说，贯通全战略阶段的、大体上想通了的、一个长期的方针，是决不可少的。具有战略头脑的人，其退却也是主动的；没有战略头脑的人，其进攻也是被动的。工作和打仗一样，开始接受一项任务，就应该有一个贯通全局直至任务完成的战略考虑。

十四日曾看乒乓球队练习赛，张燮林远台削球柔软从容，他的对手陈盛兴抽、削亦好，陈获胜。庄则栋抽球急促凶狠，使人猝不及防。晚上在天桥剧场看海政文工团演出话剧《赤道战鼓》。

三月二十二日　星期一，晴

按照作协党总支发的计划，这一个月，学习《实践论》和《人的正确思想是从哪里来的？》毛主席讲到认识过程的第二阶段，把认识放到实践里，看是否得到预期的成功。一般说来，成功了的就是正确的。我在以前，几乎完全忽视了这个阶段。写成了一篇文章，怎么检验呢？这是一个问题。教学工作，也不注意学生接受的情况，不注意了解学生学习文学理论后文艺思想的变化。

三月二十四日　星期三，晴

下午与陆贵山、赵锦良讨论评《红灯记》文章的写法。晚上开始构思，拟先酝酿情绪，读《革命烈士诗抄》，用一种崇敬、激越、感奋的心情来写。

思想改造有些成绩，减少名利思想、个人杂念，心境愉快多了。

罗学瓒《自勉》诗：不患不能柔，唯患不能刚。唯刚斯不惧，唯刚斯有为。将肩挑日月，天地等尘埃。何言乎富贵，赤胆为将来。作者题注：书此以为异日艰难时对之反省也。

三月二十九日　星期一

《实践论》讲道，人的认识是一步步由低级到高级，由于剥削阶级的偏见和生产规模狭小，人们对社会历史限于片面的了解。读这一段话，联想到我近一段时间的情况，参加思想批判，我的思想是不是也是由低到高、由片面而向全面发展呢？很不够。限于写作的小圈子而不研究文化革命的形势，大大限制了我的思想。

三月三十一日　星期三

《实践论》说，感觉的材料要“十分丰富（不是零碎不全）”，又说，要反映事物的本质，就要将丰富的感觉材料加工，造成概念和理论的系统。从这两方面检查，一方面不搜集大量的文艺实践中的感性材料，另一方面，对于我更严重的，是对已经接触的感性材料没有经过艰苦的思考作用，有时候想了一下，仅及肤表。因此，对于事物不能有自己独立的认识，不能有长远之见。想的不够，以后就要多想；想得浅，以后就要往深里琢磨。从阶级斗争的实践观点考虑，比如对描写农村的作品，就想想工人农民会怎么看，它在农村阶级斗争之中会产生怎样的作用，给社会主义文学艺术提供了什么新的东西。

四月一日　星期四

看印尼电影《沾满泥土的手》，增加了对这个国家的革命的了解，也得到一些关于它的风土人情的知识。

偶读夏衍的《上海屋檐下》，一九五六年曾经读过，全忘了。这次读，感觉得毛主席在《讲话》中对三十年代的分析真是太精当了。夏衍一生的历史，到目前为止，未能跳出这个分析的范围——小资产阶级的自我表现。

万钟昨日回浔，行前与同乡何继钦来我房中座谈，何是一位军人，讲越南局势，很感振奋。

关于梁三老汉一文发在《文艺报》头条，想应能对创作产生一点影响，甚慰。三个人一段时间的劳动，有点收获。文章是让我执笔的，光年同志亲自定稿，把我的名字放在最后，我愉快地接受了这一安排。现在想，只是愉快接受还不够，以后在集体写作中，还要更好地学会与人合作，尊重别人的劳动，多看别人的成绩。名字这种排法。光年同志都细心地想到了，我为什么不能事先想到呢？

四月五日　星期一

烦琐哲学，中国古代有八股文。西方中世纪争论一些无聊的问题（天使要不要睡眠？万能的上帝能不能创造连他自己也举不起的石头？）认识依靠实践，是指社会的实践。个人的实践在群众的实践之中。

四月六日　星期二

认识是一个无限发展的过程，轻易懂得的道理，耳食之言，道听途说，不能成为完全的牢固的知识。

关于我的名利思想和骄傲自大，自己以为在一九五八年就已经解决，此后再也不愿意听人说我骄傲，以为对自己的缺点一次就看清楚了。事实上，缺点更隐蔽，以更狡猾的形式侵蚀我。不是想着自己比谁高明，而是不大考虑怎么向周围的同志学习，好为人师而不好为人徒，相信自己胜过相信别人。这些，不就是骄傲吗？对付这种新的骄傲，我没有打击、批判。

写文章中间的成与败，可能写几篇不成功，可能写一篇就成了。成了不要以为容易，不成不要灰心。写批判《早春二月》、《三家巷》时容易，写关于“现实主义深化”难，为什么？

四月七日　星期三

上周看话剧《女飞行员》、《山村花正红》，京剧《红灯记》，都是很感人的好戏。《女飞行员》林雪征，一往无前，全副精力集中在事业上，在战斗中，消除一切杂念，很使我钦佩。

《实践论》已经学了半个月。现在准备集中思考：认识需要反复，失败为成功之母。

四月十二日　星期一，晴

九日，去北京玻璃总厂，擦了一天玻璃管子。上午三小时，下午四小时，坐着没有动，从事平凡的劳动，以后每星期都要坚持去。

晚看电影《女跳水队员》。

写作进度太慢，要加快一点。

四月十三日　星期二

思想改造应该建立在对自己的理性认识的基础上。

——学习《实践论》笔记

对一个人最熟悉的莫过于他自己了，大至一生几十年的历史，小至一闪而过的念头，常常是别人不完全知道，或者完全不知道的。唯有自己了若指掌。但是，对一个人的认识，是不是只有他自己最正确、最全面呢？那就很不一定。因为自己所熟悉的那些，都是感性材料。如果一个人没有改造自己的强烈愿望，没有对自己的严格要求，不是经常从高标准出发来分析检查自己，那么，他就可能，或是松松垮垮，糊里糊涂，对自己停留在感性认识的水平上，或者表面地、片面地、夸大或缩小地对待那些感性材料，得出一些不正确的结论来。

比如，近两年来，我发现自己变得情绪很容易波动。常常因生活琐事而影响工作时的心情，影响工作效率，影响同志关系。当时冲动一阵，过后思量也觉得这样不好，很后悔。但以后再陷入这种心境时，仍然不能迅速克服。为什么不能克服？因为对这个缺点没有全面的本质的认识，没有理性认识。我从小养成任性的脾气，凡自己的想法受了挫折便不高兴，形成脆弱的自尊心。这个毛病在一九五八年得到较大程度的改进，由于投身集体，做些社会工作，想问题从集体出发，所以心胸比较开阔。这以后，处理工作以外的问题，家庭、朋友关系，也能坚持大的原则，而不与人拘拘于细节。一九六一年以后，又变得注意小事了。这个缺点，到人民大学进修班之后，因是新环境，与同志交流思想比从前少。寒假前后，经过几个同志提醒，在实际中也感觉与同志不如以前那么亲密，从思想深处开始检查。这是今后需要继续警惕的。

四月十七日　星期六，阴

十五日去通县永乐店公社西庄大队参加农民座谈会，座谈陈登科的《风雷》。先坐公共汽车到通县，再换长途汽车到永乐店；在公社小憩，随后到西庄大队队部。参加的有主管会计、妇女主任、妇女队长、出纳等六七人。主管会计四十多岁，共产党员，他说，四清时工作队的小金，因为他错了一笔账，叫他到外面吹冷风，冻他。他想，自己做了多年会计工作，没贪污一个子儿，错的账也有人证、物证在，为什么这样打击自己呢？一直为此感到难受。看了《风雷》里的任为群被撤职，家里闹翻了，仍然一心为大家谋算，他觉得自己比任为群差远了。这位会计讲得很真切，他激动得满头汗。工农兵群众怀着阶级感情看戏，看文艺作品，为了向英雄人物学习而看戏、看文艺作品，不是为了消闲。所以，他们最善于从革命作品中接受教育，汲取力量。

想自己所应当想的，做自己所应当做的，每天用较高的标准检查。青年时代尤其应该对自己要求严格，不要放任自流，在多方面善于约束自己。

四月十八日　星期日，阴雨

中午大雨，旱了很久了。去冬无雪，今春少雨。这是第一场可以称为雨的雨。海棠树雨后更精神焕发了，虽然落了几片花瓣，清新之气充溢院中。

连日来热衷于收听关于乒乓球赛的广播，昨天去文联大楼赛球，病中打球，勉强取胜。汗热，发腻，颇难受。

恩格斯一八四五年一月二十日致马克思：“在一个彻底基督教的、普鲁士式的家庭中，过这种昏昏欲睡的生活——我再也忍受不了。长此以往，我可能变成一个德国式的庸人，并将这种庸俗气带到共产主义中来。”

我要学习恩格斯对家庭的态度。

解放军各工程技术院校在教学中，尽力把抽象问题形象化，使复杂问题简单化，他们大搞直观教学，用一些实物（模型，图表等等）演示一些看不见、摸不着的东西（声波，艾克斯线）。这种经验在社会科学教学上能汲取、借鉴吗？值得好好思考。至少不能像我们教师中有些人，把简单问题复杂化，用古怪的译文，把大家能懂的术语，解释得深奥起来。

四月二十二日　星期四，阴

很想找到思想问题的根子，几年以来，对自己并没有一个清楚的正确的认识。简单回顾了几年来的情况，我认为可以这样来概括：资产阶级人生观遭到严重打击，无产阶级人生观没有树立，一九五八年以后逐步立起来的一些革命性，在一九六二年前后又不知不觉消融了很多。

缺乏纯净的阶级感情，感情上经常犹疑，空泛。做了一些正确的事，也缺乏感情基础，大都没有持续性，一烧即灭，一闪而过。感情，要靠一天一天坚持不懈地在实践中改变。无论是大关节，也无论是小事情，都不放过。我却常常放任自流，任自己胡思乱想，不能防微杜渐，展开积极的思想斗争。

缺乏革命青年的蓬勃朝气，苟安自得。思想上没有严格要求，工作上没有较高标准，安于"一般"。不常开动脑筋创造性地工作。一年多，特别缺乏毅力，计划多，实行少。对事物满足于朦胧的大致概貌的了解（这是灵机一动即可得到的），不做细致踏实的研究，这样要走弯路，碰钉子，遭失败。

缺乏老老实实当小学生，虚心求教，从善如流的品质。闭关自守，毫无道理地把自己当成"世故"的老头子，不愿听"教训"，而爱教训人。

我有一个优点，愿意改造自己，愿意听党的话，按照党的要求改造自己。

四月二十四日　星期六

开始学习《矛盾论》。在思想改造的一些具体问题上，不积极勇敢地开展斗争批判并抛弃头脑中的坏思想，而只是“克己”、“涵养。”在学术问题上热衷于从古人那里找到类似今人的论点，以为今人的理论不过是古人观点的扩大、丰富，而不从阶级斗争的历史行程中，看文艺观的变化。这就是我的形而上学思想。

列宁《怎么办》一文的附注（选集第一卷第三九三页）：“在回答攻击的时候，我们所惯用的方法，却不是防御，而是反攻。”文艺战线的历次斗争都是如此，我们第一，常常是后发制人，是让毒草冒出来，使群众认清它的面貌；第二，我们不是被动的防御，不只是解释原先的原则，而总是要反攻，揭露资产阶级文艺观的错误，批判它，并发展无产阶级文艺理论。

四月二十五日　星期日，晴

前夜看《纺织女工》，朝鲜影片朴实感人，很招人喜欢。

昨夜听乒乓球赛直播至深夜一点，听到庄则栋以三比零战胜高桥浩，几个人不禁叫了起来。今天下午上街买晚报，四处奔走，往北到禄米仓，没有，又往南到北京站，最后还是在家门口买到，很多人排队。细看报纸上关于乒乓球赛的报道。

四月二十七日　星期二，雨

大雨中参加军事体育活动，早晨跑步从东总布胡同住所到两千多公尺外的中国文联大楼，乘车至香山，攀登鬼见愁，汗浸雨浇，路滑荆刺，山脊上冷风刺骨，朝北的左脸颊僵痛麻木，终于浑身湿透，在山顶吹风。

回程在颐和园门口，李季同志很亲切地一个个拉住喝热饮。

五月二日　星期日，晴

“人的概念的每一差异，都应把它看作是客观矛盾的反映。”人的概念的差异有多种情况，一种是，原来的概念错误，经过对客观现实更详细深入的研究，经过实践，改变了原来的概念，获得新的概念。例如对党的认识，对革命的认识，以及在文艺上关于艺术标准的看法，都是在实践中不断修改，不断加深。还有一种是，原来的概念反映现实的情况，现实发展了，概念也跟着发展，更加深刻、更加全面。

我们不应该把自己的概念看作是不变的，而要看作是经常在运动中的。要有意识地根据斗争实践不断地修正加深，发展自己脑中的概念。

二十九日上午在人民大会堂小礼堂听诗歌朗诵会，见到刚从西贡附近来的两位越南女战士。

当天晚上在人民剧场看钱浩梁等演出《红灯记》，《文艺报》一位编辑同去。痛说家史一段，我和许多观众都在流泪，旁边不远的郭小川也是。对于李玉和、李奶奶几十年斗争炼成的革命感情，对于铁梅成长的线索，有些新的体会。

昨日在北海游园见到邓小平、贺龙同志，他们从我身边擦身而过。后来我们摇船听电影乐团水上音乐会，极尽兴。夜与罗益民看焰火。

五月三日　星期一，晴

今天写完了关于《红灯记》的稿子，心情很好，到街上走了一圈。晚上看电影《我国第一颗原子弹爆炸成功》。防化兵练苦功，在四十多度气温下穿防护衣跑步。练完后，汗水从衣服里倒出来，汇成溪水似的在地上流淌。

收音机坏了，上午抱出去修理，回来老范帮着安新的插销，劳累一个中午。几次都是他帮忙。

五月四日　星期二

写文章，目的是要提出矛盾，分析矛盾，指出解决矛盾的方法。刚开始，有了选题，一时写不出来，不要着急，要尽量多掌握实际材料，分析所要论述的事物的矛盾运动，找到它的实质。文章写出来，自己不满意，也不要泄气。冷静想一想，接触到了事物的内部矛盾了吗？找到了它和周围事物的联系和区别了吗？了解它的运动的规律了吗？说了这一面，是否顾及到了另一面，有没有片面性？说到了现象，是否深入到了本质？不能凭主观感受评定文章好坏，我以前却总是那么做的。

人类认识运动的规律，是从个别到一般，然后以共同的认识为指导，探索尚未研究的领域，使共同的认识不变成枯槁的僵死的东西。我以往经过自己独立探索，从个别中概括出来的认识，太少了。

叶以群在今年第二期《戏剧报》上发表文章，谈到社会主义戏剧反映的冲突的特点。柳青在《提出几个问题来讨论》中也谈过。他们提出了一些问题，这些特点究竟是什么，为了表现它在艺术上有一些什么新的规律、新的要求，从创作实际出发（小说《创业史》、《风雷》，剧本《年青的一代》、《激流勇进》、《战洪图》……）研究一下这些问题，很有好处。

五月五日　星期三

“我们的教条主义者是懒汉，他们拒绝对于具体事物做任何艰苦的研究工作。”研究具体事物，在我已经是不多，对具体事物作“艰苦”的研究，那就更是没有了。

五月十日　星期一

即将随光年同志、陈默同志等去河南做调查。今天，我读了《〈农村调查〉的序言和跋》，并在调查笔记本上做了笔记。

五月十五日　星期六

与杨子敏、李基凯同志乘火车经郑州，五月十四日晨到洛阳。

洛阳拖拉机厂党委宣传部宣传科李科长介绍业余创作活动的发展情况——是从一九五八年大跃进开始的，建立了业余创作组，印过《跃进歌声》，主要是写诗。一九五九年扩大，分为小说、诗歌、散文几个组。算是有个刊物《东方红》，印一千多份，有很多人买，但后来觉得卖不合适，不卖了，赠送。最近一年出六七期。写作水平较高的如王化幼（远山）。业余剧团自编自演，歌曲《拖拉机开出厂》获得创作三等奖。机修车间工人赵均，写过三个剧本。每个小组有三块黑板报。党委唐振华书记经常写诗，最近工作团陈正人部长召开业余作者会，农机部政治部副主任看稿子到深夜十二点，看了还谈话，省市、中央领导，作家，和业余作者座谈，亲自到小组为业余作者请假修改剧本提纲。林默涵、于黑丁、郭小川、安旗、碧野、张天翼都来过。业余作者的规律是，写了一些东西就对本单位工作不感兴趣，脱离群众和基层领导，光想写大的、洋的，对外国东西感兴趣。创作组织发展较慢，老的有的调走了，有的年岁大、家务重了，也有后起之秀，贾喜蓟、朱义功，二十五岁上下。基层领导对有些人，不愿让他们发表作品。发表在《人民文学》的几篇作品，都是要和下面领导商量多次。

厂工会俱乐部马主任介绍——演出场所少，就一个能容一千二百人的俱乐部，一个戏要演二十多场才能让每个职工看一次。我们组织文工团队到宿舍区演出。去年演出一百三十九场，都是现代戏。从大城市来的工人、干部，欣赏水平较高，哪一种艺术形式都有自己的观众。

姬同志介绍——最大的问题是创作队伍怎么提高。很多车间为了攻一个生产关键，就搞一次赛诗会，电修车间老工人写的诗很好。李准在省里传达大连会议，李清联回厂里传达，有些同志想不通，不知道“中间人物”是些什么人，怎么写，但是也受到一些影响，造成起伏。凡配合形势任务写作，车间都很支持。俱乐部有放映员四人，卖票两人，图书阅览室三人，广播站三人，体育两人，总共有二十个人。图书馆有三万七千多册书，五十多种报纸杂志。图书馆借阅每天二百五十人次左右。

五月十六日　星期日

姬同志继续介绍：刘道新是副主任，市音乐主席；贾喜道是管道工，柳忠长是工人，写对口词、快板，能编能唱。有文化的工人大都是技工，上过技工学校。铸铁车间文化水平较低，一九五八年从农村来的，工作热、累、脏，他们对文艺的要求和工具车间的很不同。曹志雄，在清理工部当工人，高中毕业，聪明，有口才，感情同工人距离太远。一九六二年十月到一九六四年四月，《东方红》收到作品七百多件，发表了两百多件，《长春》、《新港》、《诗刊》、《长江文艺》、《大公报》、《奔流》等报刊发表了一些。刊物有个不太好的地方，准备采用稿子，同时给作者和组织部门来信，结果组织不同意，弄得很被动，开会也是直接通知本人。从去年起，这样的情况少了。

下午工具车间胡晋欣同志介绍。车间开工早，工人多数是技工学校出来的。王益龙写小说、剧本，上官英瑞写诗，还有关颖超、王任侠、贾喜道、史文生，大都是三十岁上下，二三级工人，也有四级。王益龙，开始生产活动比较好，后来想从创作方面发展，出了名，在小组影响不好，小组工部就当他没有这个人，不给他定机床，觉得这样的人越少越好，多了占生产时间就多。看来，生产和创作是有矛盾的。车间写作者，普遍热衷于创作，不愿意写身边的真人真事，不愿搞通讯报道。有脱离本小组的倾向，一度搬离原来宿舍，住到一起，过节时买酒买菜，谈创作计划。我们感到这是旧文人的作风。

五月十七日　星期一

上午是听厂图书馆介绍。工人最喜欢看的有《风雷》，买了五十多套，还有《火种》，《红岩》，《敌后武工队》买了七八十本，《战斗的青春》，《风雨桐江》，《源泉》，《苦菜花》，《迎春花》，《青春之歌》，《野火春风斗古城》。《烈火金刚》借的多，现在买不到了。古典小说《红楼梦》，《西游记》，《三国演义》，借出去了，就不还。愿意看长篇，短篇集借的少，厚一些的如李准的《春笋集》还有人借。外国小说就是一些大学生借。《叶尔绍夫兄弟》买了四十多套，受欢迎。高尔基的，鲁迅的，工程师看得多，工人少。散文看的人很少。社教运动后，借革命回忆录的多了，《擒魔记》，有人来四五次也没有借到。家史专门有一架，《深仇记》等等，这一架常被借空了。看书的青年人多。

下午业余作者座谈。发动机车间吴英杰，标准零件车间张德平，机修车间郭嗣磐，工具车间贾喜道。吴英杰说，文艺活动和生产矛盾很大，车间欢迎写通讯报道，写诗歌不受欢迎，写抒情诗和黑板报不协调，也有人看，有人就说讽刺话。从前为演戏请假，车间领导就不高兴，通过社教，领导认识这个工作的重要。陈（正人）部长召开厂里写作积极分子会，鼓励我们；卓主任给我们一个一个字修改。工业题材不好写，技术问题不反映不行，不懂技术的人没有兴趣。贾喜道说，创作主要用业余时间，位置摆对了，车间就支持。高小毕业就看古典小说，来厂以后看丹麦《魔鬼的墙》，《俄罗斯小说选》。郭嗣磐说，车间七百人，只有两三个人订《人民文学》，传阅的也只有二三十人。要买

《人民文学》必须捎带买一本《人民画报》或者过期杂志。工人看报纸劲头儿大,《工人日报》副刊“文化宫”，小组有事没事儿就念一段。《文艺报》郑州也订不到。电影影响最大。

五月十八日　星期二

到洛阳友谊宾馆，与光年同志见面会合，河南文联副主席倪尼同志陪光年同志一起来。

高林生、方常良同志介绍。一九五八年七月成立业余创作组，我们几个人，就是李清联发表过作品,《诗刊》“工人诗歌一百首”，他写的《我们的沸腾的工厂》。业余作者也要深入生活，和专业作家不一样，主要是对生活的认识，有没有独到见解。整天泡在这里，习以为常。安旗一来，说，我觉得这里像个大花园，你们在这里工作真是幸福。我们却感觉不到。我看到李瑛在包钢写的《钢铁大道》，觉得工人内心的东西少，是拾来的，不是种出来的，是从诗人的眼睛看，不是从工人的眼睛看。对贺敬之、郭小川也喜欢，李季写玉门的诗也很喜欢，但更喜欢从工人心里反映的。戈壁舟、安旗来厂时，我们谈了对当时花花草草诗的意见。方常良说，我的缺点是知识分子味儿浓，没有工人的感情气魄。有廷盈（党支部宣传委员，是业余作者王益龙生产小组组长）说，王益龙聪明能干，会写、会唱、会拉手风琴，现在和以前不一样，骄傲，写东西爱大不爱小，不写本单位，上个月真正工作只有五个小时，我给他评了二等奖，从政治上鼓励；生产小组副组长看他不顺眼。业余作者搞得好不好，要车间群众评价。关颖超爱写小说，形容词多，文章长。杨遂安（党支部宣传委员）说，我们车间业余作者不少，出名的就是贾喜道、明济华。他们很辛苦，经常每晚写到十一二点。贾喜道在《人民文学》发表作品后有骄傲苗头，说话不像工人一是一二是二，而是文质彬彬，给黑板报写稿离题太远，弄些文言文，人家看不懂，党团支部谈话后有好转。宋景耀说，我很同意杨遂安的意见，业余作者主要的任务还是现在的工作。专业作家凭笔杆子革命，业余作者要用业余时间写作。上官英瑞调来我们车间不到一年，可能觉得自己写得不错，以后不一定靠摇机床手柄吃饭。李准的文章为什么大家爱看？就因为他写的人物，我们感到现实中有这样的人。

五月十九日　星期三

工具车间业余作者介绍——关颖超，我们前几年写的人物转变，好像跟中间人物论搅在一起，差不多有点那个味道。上官英瑞：写真人真事，怕他变坏了，技术革新成绩好的不一定思想好。同时，掌握不好分寸，不夸张又没有文艺性。

倪尼同志插话：看不到本单位可写的东西，这是一个普遍性的问题。

晚上，光年同志说，文艺对生产起作用是间接的。这个厂的文艺是鼓了干劲的，我们的调查在这方面要追一下根，了解一些具体事例。还有哪些是不足的，解决了，使文艺有更大促进。从政治上战略上看问题，是我们调查的立足点。工人业余文艺活动，采取什么方式最合适，是一个值得研究的问题，组织小组可能是较好的办法，事实证明也比较普遍。

五月二十日　星期四

机修车间孙利民（党小组长）介绍情况，朱义功最大优点是不考虑个人，对领导敢提意见。他写的《铃响山乡》先给我们看了。不仅爱文艺，技术书籍也钻研。还是有几个业余作者好处多。现在不想看戏，嫌啰唆，票太贵，时间长影响休息。看小说的不多。老工人不看诗歌，看半天还思索不出来，不像通讯报道一目了然。蒋允伦（团小组长）：郭盛杰是我的师傅，他写作，小组、科里领导都不大知道。我们车间大家也爱看电影，不愿意看戏。

标准零件车间党支部委员刘国祥：《风雷》我们工部大部分人看过，认为写得不错。

五月二十一日　星期五

上午，几位基层干部介绍。底盘车间一千七百多人，女工四百多。马荣华（底盘宣传部长）：大唱革命歌曲，今年有支援贵阳的任务，有人说那里的蚊子比火柴盒还大，就组织唱：《毛主席的战士最听党的话》。也有人说，都用河南话唱，是卖红薯的腔。业余文艺，群众说一紧、二松、三垮台、四重来。王化幼（铸铁宣传部长）：他们车间技工多，我们是普工多，热、脏、累，下班洗澡后就不想动了。我自己喜欢写，跳不出现有水平。作协来厂里少，来也是走马看花，开个座谈会就走了。工厂生活紧张，作家扎不住。工业题材要靠业余作者。可以请作家来，我们摆素材，他们出主意。陈兴光（底盘车间代理书记）：主要是解决阵地，组织剧团，俱乐部，图书室。服务于中心要看长远一点，不要只看眼前。

下午，厂党委宣传部长林一同志介绍：我们厂目前是综合性、全能性工厂，太大，管理上矛盾突出。中央乐团对我们改编的《打靶归来》评价不低。陈正人部长说，文娱体育活动增强集体意识。

五月二十二日　星期六

洛阳市各大厂介绍业余文艺创作情况。矿山机械厂李振方：往往不容易坚持，一来运动就挤掉了。玻璃总厂孔祥友：我们厂是国内最大的现代化玻璃厂，业余作者原来都想写外面厂，现在愿意写本厂，鼓舞职业自豪感。轴承厂陈树桥：业余作者写过小戏《一根铜管》、《斗争在继续》。一个党支书写作，说忙的时候写得出，闲的时候写不出。

下午，洛阳市委宣传部长介绍本市业余文艺创作。以前都是老的知识分子，学校教员。一九六二年以后工农成分为主，绝大多数是青年。光年同志最后说，坚持业余，坚持自愿，是多年前毛主席在延安提出的一条根本方针。

五月二十三日　星期日

业余作者王化幼（远山）同志谈话。新中国成立前上高中就喜欢文学，一九五三年出版短篇集《师徒俩》，接着想写长篇，写了二十多万字，河南和陕西的出版社要我改，改成十万字，又要继续改，我没有时间，就放下了，业余创作只能写短的。后来又出版过几本，到现在成集子的二十万字，没有成集子的也有二十万字。名利思想，你说我有我觉得委屈，说没有，别人不相信。反正闲着也是闲着，还是要写，考虑到不要招风，用笔名，能起一点作用就行了。另有业余作者蔡喜岗、赵庭木、卢广林、吕聚才、贾槐寿也谈了。

发动机车间介绍黑板报情况。

樊振汉、朱义功、宋双锁、姚银河、申萌响等业余作者谈写作。

五月三十一日　星期一，晴

回程中在郑州略作停留，于黑丁、华山来看望光年同志。丁琳同志来，畅快长谈，他拉我到外面餐馆吃饭。

在洛阳度过了很有意义的几天。看了龙门石窟，汉墓，关林，看了豫剧。在伊河边白居易墓，光年同志念着前代碑文。看石窟，我上去抱住奉先寺卢舍那大佛腿部，刚能合抱。据说李先念副总理已经批了一百万元维修。

有三条河流过洛阳，这便是涧水、洛河、伊河，三条河我都到了。

洛阳还有三条“河”。一条是绿色的河，树木的河。从东到西，四条大道，伸延几十里。每条道上，都有许多排高大茂密的树。这么多树木，把一个现代化工业城市，装扮成幽静的花园。劳动之后，走出厂房，就到这绿色的河流之中，一天的疲劳便消失了。

真正代表洛阳的，还是红色的河，劳动的河。拖拉机厂一位工人写了一首诗，题目叫做：“装配线——红色的河”。多么美的比喻！红色的河不仅在底盘车间的装配线上，还在铸钢车间的冲天炉里，也在玻璃厂透明的溶液里，在洛阳各个厂、各个车间劳动的前线。

不管是绿色的河还是红色的河，都是劳动者创造的。洛阳本没有这么多树。九朝古都，新中国成立前不过是一片荒草掩盖着帝王的遗冢。洛阳本谈不上什么工业，一度繁华，到了近代，早已凋敝零落。从现在的老城，仍能想象出旧日狭促破败的景象。新洛阳是工人们双手绣出来的。要了解今天的洛阳，就要探索另一条河，工人们思想情感的河。这条河蕴藏着不尽的珍宝，产生着无穷的力量。

六月五日　星期六

洛阳第一拖拉机厂电修车间老工人郑荣梁有一篇学习毛主席著作的体会，题目是《带着阶级感情读毛主席的书，就像毛主席站在面前》。

今天收到作协党总支关于学习《矛盾论》的计划要点，号召我们“一定要把辩证法的宇宙观学到手”，“把《矛盾论》的基本法则学懂学透，并且背下来”，“熟记在心，运用自如”。几年以前，学校教务长陶军同志讲团课，要我们在争取入党的问题上采取水到渠成的态度。他是一片好心。我这几年在思想改造问题上，本着所谓水到渠成的心理，听话，做好工作，逐渐积累。这其实是“认为发展是减少和增加，是重复”的观点，不是以无产阶级思想去改造，刻苦地进行思想斗争。

六月八日　星期二

昨天一天开会讨论培养青年文学工作者的问题，使自己在下面得到的认识提高了一步。毛主席的《讲话》说，革命的文学艺术运动在实际工作中没有和革命战争结合起来，可见，我们现在，也不能停留在文艺总的方向是社会主义的，还必须在实际工作上密切结合。在内容上，要反映群众当前斗争，形式上要为群众喜闻乐见。不考虑这两点，尽管在总的方向上是对的，也不能有效地为社会主义服务。

军队的一位负责同志说，对于反动派，要知其不变，然后能应其变。

《红旗》杂志第六期发表了日本物理学家坂田昌一的文章《关于新基本粒子观的对话》，并加了编者按。宇宙，从大的方面说，太阳系外面有千千万万个太阳，银河系外面还有千千万万个银河系，它是无穷无尽的。从小的方面说，也是无穷无尽的，物质是无限可分的。人类对自然界的认识同样是无穷无尽的。坂田的文章引用了培根的话：“不要像人们直到今天为止所做的那样，把宇宙缩小到认识的范围以内，而必须把认识加以延伸和扩展，以接受符合于本来面目的宇宙的映象。”

六月十三日　星期日，晴、夜有暴雨

在洛阳时，与光年同志一起，他很能开动脑筋机器，遇事找特点，在我们忽略过去的地方看到问题。比如看车间黑板报，我看得比他多，毫无所得，而他却指出车间黑板报文字水平高，思想犀利等等特点。在龙门看石雕，他也指出唐代男性戴耳环等等特点。

拖拉机厂工人业余作者，也都是善于用脑子的，如朱义功，这个二十多岁的小青年，就给我很深的印象，很大的启发，很有力的激励。他的批评文章、文学作品，都写得很聪明。读作品，也会吸收。他说，读莫泊桑的作品，懂得了怎么写小说。受莫泊桑的坏影响没有？不知道。然而在艺术上他是能吸收的。这些作者，在长期体力劳动中培养起坚毅的品质，把旺盛的精力用在钻研业务、获取知识上。

星期一在招待所这里开会，有白羽、光年、李季、天翼等同志参加，讨论培养青年作者的工作。《人民文学》编辑部许敏歧同志汇报晋县调查中发现的问题后，白羽同志说，要用阶级斗争观点看这个问题，作者表现与县里说的有很大距离。一个可能是作者不好，一个可能是提供情况的人从另一个阶级的角度看先进人物。调查研究必须走阶级路线，必须做阶级分析。另外，白羽同志还说，社会主义文艺有两大特点，一是现实性，一是群众性。又说，首先要从革命的、人民的观点看问题，然后才能从文学的观点看问题。否则，首先站在文学的立场，自以为是为革命的人民的利益服务，很可能站到反革命利益的立场。

六月十六日　星期三，晴

今天，到团中央礼堂，参加培养青年文学工作者座谈会。刘白羽同志作报告，他说，开会就是为了解决文学上脱离党的文艺方针政策，脱离群众，脱离实际的问题，周扬同志讲，会议要解决的是战略性的问题。不是少数人在报刊上写些文章的问题，是要解决作为上层建筑的文艺与经济基础的关系问题。不和亿万人民的实际联系，靠少数人要笔杆子是不可能解决问题的。看到《新人小说选》中军队的作品，心情非常兴奋。要给上海故事会以充分的评价，主席的第一个批示就是在故事会的材料上批的。福建的一个支部书记说，“老一辈靠枪杆子保印把子，你们要靠笔杆子保印把子。”最近，李雪峰同志在华北局讲，社教后要抓一文一武，就是俱乐部和民兵。晋县一个党支部书记说，我们戴了三年的落后帽子，让俱乐部给摘掉了。周扬同志说，文军和武军相比，武军的工作很好，文军的队伍差，没有很好解决队伍问题，业余作者是民兵，专业的是少数，将来到共产主义要越来越少。文艺上出现了社会主义新人，如张勤，云南军区战士；韩统良，哈尔滨工具厂工人；陈继光，上海火车司机；陈培贵，江西上饶农民。同丁玲陈企霞斗争是争夺青年，他们一棒子打李准《不能走那条路》，一棒子打李希凡蓝翎。宣传“一本书主义”。一九六一年一九六二年，又有争夺青年的斗争，茅盾给胡万春的信，实际是要作家不听党的话。上海一个故事员讲《夺印》，每讲一遍就给它丰富，现在可以分十几次讲。作家同群众结合，沿这个道路创造，可能打开新路。

六月二十日　星期日，晴

今天下午参观了人民大会堂四川厅（以竹器为主），湖南厅（湘绣为特色），辽宁厅（工业品为主），广东厅（象牙雕刻和红木家具），还看了宴会厅。

昨天下午看中南地区美展，湖北陈作丁画的女支部书记和女船员很有深度，耐看，可以看出人物的历史和性格。广东的一幅画《看画》，作者抓住了一个很有意思的镜头，许多不同年龄的农民在看画，反映了农村一个新的气象。

六月二十二日　星期二

从今天起，总结一下在批判“写中间人物”主张的斗争中所学到的东西。上午学习《新民主主义论》中关于文化革命的论述，有不少地方感到很新鲜。毛主席说，革命也有新旧之分，这一点，今天看得更具体了。革命每前进一步，都有人停留下来。他们坚持旧的东西，抵制新的东西。最后，历史就要抛弃这种人。毛主席说，五四运动的弱点，就在局限于知识分子，没有工人农民参加。在政治上这个问题早解决了，但在文艺上却长期没有得到解决。现在的文化革命，如果没有工人农民参加，也是不能胜利的，胜利了也不能巩固。

关于人物问题的争论，涉及文学艺术的根本性质。我们的文艺要为社会主义的经济基础服务，就必须和资产阶级进行生死斗争，和资产阶级文艺路线进行生死斗争。写中间人物论，从政治上看，是蔑视群众的个人主义世界观。毛主席在《所谓落后乡并非一切都落后》一文按语中说，“群众中蕴藏了这样大的社会主义的积极性，为什么在许多领导机关，在几个月以前，居然没有感觉到，或者感觉的那样少呢？”从文学上看，写小人物的传统，狄更斯，陀思妥耶夫斯基，早有了。马克思恩格斯早就开始了反对把无产阶级写成消极人物的斗争。高尔基给契诃夫信中说，“需要英雄人物的时代已经到来了。”邵荃麟主张人物多样化，风格多样化，题材多样化。多样化不是杂凑一锅，不是一律平等。主导的和次要的，提倡的和允许的，性质不同。“中间人物”是抹杀阶级斗争的概念。

六月二十三日　星期三

今天的《光明日报》发表了我们学校中文系二年级学生周

达为《不夜城》辩护的文章，四月一号，发表了我们的学生称赞张文琤形象的文章。去年讨论《北国江南》，人民大学学生江南写了辩护文章。讨论《早春二月》时，天演（余进化）写了文章，未发。可以说，在青年学生中，有不少人立场感情上有问题。学术上，文艺观点上受资产阶级影响很深，思想方法也存在不少问题。这些问题要具体想一想，研究一下，将来在教学中要尽力去解决。听光年同志讲，对“写中间人物”，广西师院中文系二年级一个学生，在墙报上署名“要明白”，写文章表示有“十个不明白”，不明白“中间人物”为什么不可以写，不明白为什么“痛苦的过程”不可以写。

六月二十九日　星期二，晴

给《光明日报》写了一篇短文，评论《不夜城》中张文琤的形象，是乔福山同志来这里约的稿子，昨天见报了。发表时署上“华中师院中文系教师”，文内又增添“有个学生写了篇文章”的字句，这是极不好的。公开发表文章，尤其要平等待人。就是在学校里，也不能以教师的地位去压服学生。这种口吻有什么必要！编辑这样改，没有通知我，使我非常恼火。

下午，想，开始对自己今后的努力方向，做一番思考。在业务上，做一个比较好的教师，把书教得活，把学生教得聪明，把学生领上正路，让他们有一个好的思想基础。另外，业余时间，从文艺实践出发，在平时关心和和研究文艺现状的基础上，钻研一点理论问题。

性格上，培养毅力，钻劲，培养大度、善与人同的作风。锻炼记忆力。

六月三十日　星期三

日丹诺夫说，作为哲学海洋中航行的见习生，他要用引证做罗盘针，以免迷失方向。我觉得，这句话启示我们，适当地背一些经典著作条文，对于初学者有作用。先记，并不断举例联系实际，而后逐渐通，真正应用于实际。在教学中，可引导学生注意这个方面。或者，可以把对经典著作的引证比作航标，引路的星辰等等。只是，绝不能作为商标，药签子。引证不是我们学习的终点，而是起点，帮助我们前进，指导我们开始思想的辩证运动。

七月二日　星期五

听周扬报告录音，关于培养青年文学工作者座谈会的。他说，林彪同志对文艺工作的指示，我这次仔细学习了，是在新的历史条件下，创造性地运用毛主席的思想，对部队文艺工作，对创作，做了一个概括，不只对全军，而且对全国，对整个文艺工作，都是重要指示。不只对文艺，而且对所有的文化工作、科学研究，都有很大意义。凡是把文艺当娱乐的，就抓不好，要当作思想教育工具。对列宁的话，很多人强调另一方面：不能平均，不能少数服从多数。但列宁首先讲的是文艺纳入无产阶级整个工作，三结合就是文艺组织起来的一种形式。不出题目，不分任务，方向就是空的。这个座谈会是三结合，党委、团、工会，作协一起开。作家不能由作家领导，科学家不能由科学家领导。党外不说，党内有人把协会当地盘。搞创作的人，要敢想敢说，甚至有点怪脾气。人要自以为是和自以为非相结合。讲出的意见和人家不同，不一定就是骄傲。我看五六十岁老太婆跳舞，虽然也鼓掌，但心里很难过。她自己要跳可以，你把她找去跳就不好了。历来上升时期的文学都要表现本阶级的理想人物。资产阶级写英雄人物较少，写得最生动影响最大的，是破坏性的人物。现在苏联风行一时的是用德语写作的捷克人，已经死了四五十年的卡夫卡，写人变成动物。

《在中国共产党全国宣传工作会议上的讲话》指出，“有些人读了一些马克思主义的书，自以为有学问了，但是并没有读进去，并没有在头脑里生根。不会应用，阶级感情还是旧的。”这里告诉我们学习马克思主义的几条根本原则。就是要掌握它，使它真正成为自己的血肉，把它应用于改造世界观的实践。同时，学习马克思主义和改造自己的非无产阶级感情，应该是互相促进的两个方面。感情不转变，就不可能掌握马克思主义；学习马克思主义，有助于改变感情。

七月八日　星期四

这两天开鉴定会，结合同志们给我提的意见，学习《论共产党员的修养》中论修养方法一段。以前我的修养是自己想，较少把自己放在集体中、群众中。

今天晚上为我开欢送会，光年同志讲要“坚持革命，坚持学习，保持谦虚”。学习，就是学习毛主席著作。在生活中，教学中，文章写作中，做毛主席著作宣传员。他还说，现在文艺也有回到书面的和口头的结合的趋势，这是一个伟大的变化。

七月十七日　星期六，晴

十一日从北京动身。从招待所出发时，在走廊里遇到《文艺报》沈承宽同志，她说不知道我要走，跟在后面送到门口。在火车站上，九点二十五分，车发动了。李基凯、范子保、陆贵山挥着手，一会儿就不见了。

到武汉的第二天，接受了任务，看《论毛泽东文艺思想》的教材，准备暑期集体修改。

一九七七年日记

九月十三日　星期二，阴

与周伟民捕鱼两次，一次用罩，一开始就罩到一条白鱼，鱼在罩内泼剌弹跳，很好玩。这次是下午到东南边小溪用网捕鱼，短网拦断小溪，两人入水驱赶，得鱼不过几条，戏水而已。回来走在田埂路上，我忽然与他说到编一本“马列文论百题”的事，他听了很兴奋。

昨天接到罗伯昌、范际燕的信。

九月十七日　星期六，阴

今天上午到田蕙兰老师家，谈她的文稿《〈子夜〉的成就不容抹杀》。回家后改自己的文稿《谈谈细节》。

读冯牧在双百方针座谈会上的发言，(《人民电影》二至三期），把这一方针的提出过程叙述一番，让人去想想它的针对性、现实基础和全部内容。前不久黎澍在《光明日报》的一篇文章，谈古为今用还是古为帮用，对古为今用的方针也是这样阐述。这样的说明，有利于准确全面理解经典作家的指示。

九月二十五日　星期日

十七日晚，抱着老三站在教学楼走廊看电视转播，美国宇宙队对中国足球队球赛，贝利一个背身远距离传球，十分精确。

二十日参加七四级同学毕业会餐。二十四日清晨四点多起床，送七四级学生赴各自工作岗位，直到十点钟，才送毕。丁成泉同志晚来坐，说及毕业分配种种情况，到十一点才离去。

九月二十六日　星期二

中共中央关于召开科学大会的通知说，当代自然科学酝酿着重大突破。那么，在我们国家向四个现代化目标前进的过程中，哲学社会科学占什么位置，起什么作用？似乎并不是十分清楚的。

昨日下午，丁成泉、周伟民来家，商定，下月四日，我和周启程去桂子山，查阅马列文论资料，为外出联系、访问做准备。

二十八日　星期三，晴

上午与周伟民同到分院革委会副主任韩之梓同志处，谈去外地参观和约“马列文论百题”稿之事，得到他的同意。

昨天写了一封信给石声淮老师，向他请教读书问题，交给唐玲玲代发。今天得到刘益仁、黄方政各一封信，当即回复。

快要出差，业务上的准备，家里的杂事，极多，做不赢，每天能够完成的工作很有限。昨天是中秋，请杨宏禹、周伟民同志小酌。这个节过得好，家里菜比较丰盛。

九月二十九日　星期四，晴

上午系里教师政治学习，欢迎七四级新留校的三名同志，然后学习中央关于召开科学大会的通知。下午劳动，挖花生。

看《外国文学动态》一九七七年第三期，《苏联文学界持不同政见者的情况》，内容颇详细。这批人出生于社会主义的苏联，后来又这个样子，其中很有一些值得深思的问题。

九月三十日　星期五，晴

上午听刘安海讲课，前半稍觉沉闷，后半好。石义林寄来代购的笋干、木耳，下午去孙桥邮局取回。

《参考消息》载美国固体物理代表团访华观感，讲得十分好，态度诚恳。其中说到，既要发挥集体力量，又不要抹杀个人创造。个人的开始的、朦胧的、有重大意义的想法，有时候容易被集体和上级所否定。还说到，理论基础要宽，要多参加讨论会，看别人的论文，了解动态，并且不能只看本专业的，不能太狭窄。

十月二日　星期日，晴

昨日全天劳动，在自己家地里种菜，秋菜大部分种下去了。大白菜、小白菜开始长出来了，其余才刚刚出土。

今天休息，晚上看电影《跟踪追击》，一九六三年十月看过了的。摄影技巧有点欧化，和绝大部分的反特片一样，情节上有人为性。可抓的特务，一定要等到最后再抓。前些时见报上登的王朝闻发言，谈到此片中公安人员（李科长）因为打算扶起一个跌倒的小孩而暴露身份，此语不确。公安人员是乔装工人（派遣特务的亲戚），他的暴露也并非由于这一动作，而是由于神态显示出与已经坦白了的特务之间的关系。

十月六日　星期四

昨夜去丁成泉同志家，与他及魏佑章同志谈去武汉和外地出差事。今天，按丁的意思，对新留校的吴建波到附中教课，提出一些书面建议。傍晚，到附近松林采得许多蘑菇。

十月八日　星期六，晴

早上从孙桥上车，下午到武汉，抵桂子山之后，去陶才碧、杨宏禹、周乐群家，各送蘑菇若干，谈及种种。

下步工作如何搞？已经吹出去了，得要下一番功夫，做出一点样子来。“经典文艺论著难题解答”，是我在半年以前提出要编的，现在经分院党委研究，定下这个题目。首先是确定范围，我想，以人们普遍选讲的十五到二十篇为主，相关论述、语录附于各篇之下。如，现实主义创作方法问题附于《致哈克纳斯信》之下，对反动浪漫主义批判附于《诗歌散文中的真正社会主义》之下。内容为：难句解释（释义，译文校正），体会（从某一角度，对某几句），典故，索引，外国研究情况概述。

十月十一日　星期二

昨天在教师阅览室查资料时，顺便读到李希凡怀念毛主席的文章，最后说，毛主席常用古诗教育我们：“靡不有初，鲜克有终。”李说这话心情沉重，回想他当时少年锐气，不胜感慨。

晚在杨宏禹老师家吃饭，陶才碧同席。

十月十五日　星期六

星期三去武汉师院，与文艺理论组刘土兴、邹贤敏等同志座谈马列文论教学。晚在范际燕家吃饭，李悔吾同席，夜与刘建国等谈《李自成》，彼此兴味很浓。

近数日，一直在抄报纸，编资料。

十月十六日　星期日

连日与周伟民散步数次。在通往农场的路上一次，是傍晚；另一次再往前，绕武汉军区干休所，由东区十三栋返回。又随周到西一村陈姓人家吃饭一次。

与曾祖荫谈，他说，桂子山文艺理论组考虑，每人靠一门，各有专攻，如有的靠古典，有的靠鲁迅，有的靠外国，有的靠当代。这个想法好。

昨夜看《女飞行员》，在事业心——为革命事业，还是为个人——这一点上，对我有触动。在个人得失上要淡泊，在事业成败上要执着、热切。这样才有力量，能坚持。两个不同的学员（高中生与农村姑娘）放单飞前，两个不同的教员（新中国成立后入伍与陆军转来的）的叮嘱，说明四个人不同的性格，预示成败，还是有说服力的。今夜看电影《打铜锣》、《补锅》，后者高于前者，人物思想境界高，个个可爱，冲突也自然可信。

白天游东湖、省博物馆，归途顺便在水利学院看了一会儿足球，上海对福建。

十月十七日　星期一

那天在武汉师院看姚雪垠讲话，关于小说结构等，可以参考，拟借来摘录。

关于我自己的长期计划，与丁成泉、周伟民谈，是关于中国文学批评史，今天想，题目太大而过冷，是否可以缩小为小说批评史？范围小了，可以连贯古今，参酌中外。

十月十八日　星期二

下午去黄清泉同志家，小酌款谈，席间，广东师院历史系一位教师谈兴极浓，大讲广东近年来怪现状，无非是四人帮的严重破坏。

上午在阅览室遇见黄曼君同志，谈了一会他的工作情况。他还是看重上面的动态，这个于做学问或略有小碍。

十月十九日　星期三

工作进展不快，京山家务待理。矛盾。

接祥馨来信并转来二伯信，夏绪礼信。二伯一人生活，诸多困难，我们远离，不能帮助，今日下午寄信安慰。绪礼已调宋溪南皋，依然热情如故。

十月二十日　星期四，晴

上午去省委宣传部鲁迅研究组，找黄曼君拿书；又去石声淮先生家坐，他介绍说，了解佛学，可以看《法苑珠林》。从石家出来逛街，归后洗澡睡觉。

晚看电影《风暴》，没有缺点的领导人老何，倒不如有知识分子腔的施洋，或有时谋虑欠周的林祥谦感人——还是不要神化的好。这部片子同彭书麟一起在武昌儿童公园露天场看过，是在一九五九年夏天，放暑假之后。

十月二十三日　星期日

昨晚看电影《今天我休息》，情节多有脱榫之处，不很合理，但个别场景颇堪赏目。看电影后与周伟民谈心至凌晨两点。

中午在陶才碧家吃饭。晚陈克炯来谈，说到邓小平同志"九・廿九"讲话，内容有恢复近年撤销的大学、恢复学衔制度等。

十月二十九日　星期六，晴

昨下大雨，去张永健家，在他那里吃晚饭，饭后同至桂子山，沿路听他品评人物。今日乘车返回京山。人都是久静思动，动后思静，到分院后觉得空气澄清了，气压适宜了，天时得所，体气调和。看到城市里纷纷繁繁，更觉田园之好。纷来攘往，生命耗费在蠢动之中，倒不如扎实为人民做一两件事。

昨夜，孙子威老师来招待所看望，座谈良久。前夜我们到陈安湖老师处拜望。

十一月十日，十六次车上

八日离京山到武汉。当晚看苏联电影《伟大的公民》，政治性强，情节的生动与连贯不够。沙霍夫遇害前后那段写得好，对比鲜明，突出他是一个生气勃勃的、充满活力的、群众需要的人，使人强烈感到他不该死，他不能死。

九日工作效率甚高，作成“一九四九——一九六六年马列文论研究中文论文目录”；又拟出“马列文论教学疑难问题”几十个；起草“汇编说明”和几件公函，几位京山分院在桂子山进修的同事帮忙，封装材料投寄。

今日给七四级王又平发一信。在武昌车站二楼候车，看刘纲纪发表于一九六四年第二期《文艺报》关于恩格斯批格律恩的文章，觉条理清楚。关于歌德，它谈得少。我想，恩格斯此文在评歌德上主要有方法论的意义，可与拉法格《雨果传说》对比。拉法格因别人捧雨果而大骂他，恩格斯则坚持对歌德做全面评价，做矛盾的分析，正确与错误两个方面，政治与文学两个角度。

在车站二楼俯瞰大厅，很气派。

在火车上读王佐良《读莎士比亚随想录》，关于莎剧“独白”一段有用，席勒式的长篇议论被马恩否定，而莎氏却能用得好。王佐良说，“总是在戏剧的一个紧张点上，莎士比亚让他的主要人物作了长篇独白。”

十一月十二日　星期六，郑州大学招待所

十日夜九点二十到郑州，乘公共汽车至郑州大学招待所住下。十一日上午独自上街，看了市容，街道尚属整洁。下午到《河南文艺》，见到丁琳，又由丁引见于黑丁。见到之前，丁描述“文革”中于黑丁全家被迫下到农村生产队的凄惨，卡车卸下的杂物摊了一地，找不到人帮忙。丁琳还是那么热情，拉到他家，畅叙种种情况，痛饮数杯，后又留宿。我因有同伴，要回郑州大学，他送至车站。在林荫路上，他说，右派问题，要全都改过来。这个可靠吗？社会要发生大的变化了？

今天上午在郑州大学开座谈会。有一位老教师教马列文论，给我们介绍他们开课情况，言语谨慎，他们的研究也做得不多。

晚上，由丁琳介绍，在《河南文艺》编辑部工作的蓝翎到招待所来谈天，招待所房间狭小，他坐木椅，我们坐在床上。他是在一九五七年之后被发配到河南来的。蓝翎是一位大名人，我们素不相识，他却毫无拘束，谈兴极浓，纵情高论，谈的不关政治。他说《红楼梦》里写甄士隐梦醒那几句："士隐大叫一声，定睛一看，只见烈日炎炎，芭蕉冉冉"，赞叹写得"极好"。我记得好像是脂砚斋评点过这几句，而蓝翎说的是文字本身就好，他把这几句连连念了几遍，手掌随之摆来摆去，好像芭蕉叶子晃动。

下午上街买火车票，后至二七纪念塔最高层，郑州全城尽收眼底，红绿交映，很是好看。塔内有关于京汉铁路史、二七惨案等内容的展览。

周乐群的姐姐和姐夫在郑州大学英语系，他们原是外交部干部，姐夫是何长工的侄子，做过驻巴基斯坦大使馆参赞，"文革"中下放劳动后调到学校。他们住在一个小院子的平房里，院子中挖洞养了一些兔子。近日已在准备回北京，兔子们都将成为盘中餐，我们沾光吃到一只。

十一月十五日　星期三，陕西师大招待所

十三日离郑州，沿途看车窗外黄土高原面貌，土被水冲刷，沟壑纵横，沿路有些窑洞。在孟塬下车，步行到华山，天色已晚，旅店名十二洞，盖有十二个窑洞。所谓窑洞，实为拱形房，唯三面无窗。旁有玉泉洞院，匾额为郭沫若所题。院里的道士已经成为旅店服务员，每个旅客要登记政治面貌、家庭出身。周乐群看我怎么填，他填的出身是“教员”，周伟民填的是“平民”。我父亲早逝，家在城市，没有划过成分，是成分不明的人。道士们倒没有深究。次晨攀华山，一路空寂少人，一派荒芜景象，溪流清澈。半山上偶有高龄道姑拒绝地方政府动员，坚持不肯离开山上道观，因为无人管顾，面有饥色，向我们索求食品，我们把随身携带的冷馒头分几个给她们。在青柯坪，每人向农民买一碗玉米糊糊吃了。

千尺幢确为奇险，前所未见，狭才容身，陡坡八十五度以上。余景虽好，然非仅有。北峰上刻石，有气魄，那里很冷。

十四日当天返山麓，并乘车至孟塬，又换车，今晨抵西安。下午上街略走，尝鸡丝馄饨一碗。

十一月二十日　星期日，范子保家中

十五日晨抵西安，十六日至子保家，睡了三夜。十六日游大雁塔，远观似亦平庸，近处仰视则庞然大物，然亦不觉迫人。十七日在陕西师大座谈，他们的兴趣和热情超出我的预计。十八日在西北大学亦是如此。解释经典文艺论著疑难问题的设想，在实践中初步得到验证，心中颇为快意。与周乐群同访陕西师大周骏章教授，周先生是外国文学研究和翻译界的老前辈。

十八日游碑林，看怀素草书千字文；又默读一块碑上《礼记》中“爱而知其丑，憎而知其善”，反复体会。

十九日游临潼。捉蒋亭现场，想见当年蒋某窘迫之态。

今日又在子保家休息等车。他讲耿飚、朱穆之在新华社国内工作会议上的讲话。耿讲不要把马列主义毛泽东思想当成天主教教义，以片言只语吓人；朱穆之讲“四人帮”批判刘少奇实际上批的是毛主席革命路线，现在有必要重新批判。

在西北大学座谈会上，我偶然想到，世界观和创作方法的关系，这样提法不准确。应该是政治哲学观点和创作实践的关系。主要要考虑，生活经验（感性材料）的作用，艺术规律（形象化，形象思维规律）的影响，说明通过艺术实践改造思想的可能和必要。研究矛盾的特殊性，尊重艺术规律的必要，生活积累的重大作用。

关于马克思列宁主义美学的体系，里夫希茨《马恩论艺术》的前言，似可重新研究。

在一三六次列车上续写

五时离子保家，中午对酌缓谈，嘱我多吃肉以防头白，善养儿女，后送子保出去开会。与柳清仪一同包饺子。后来她送我到汽车站，车开后仍见她伫立。我观子保夫妇对周围各色人，均甚周到。

只买到硬座票。在车上读《学术月刊》一九六五年第十期文章《怎样理解恩格斯对〈城市姑娘〉的评价》。《哈尔滨师范学院学报》一九六四年第二期郑应杰的文章《关于现实主义和典型》。

十一月二十一日，一三六次车上

对于现实主义和浪漫主义，人们常常沿用亚里士多德、席勒、歌德、乔治·桑、皮萨列夫等人的说法，那些说法多是直感式的或描述式的，不是科学的理论概括。恩格斯给哈克纳斯的信中的话，也不是定义，它用马克思主义的科学原理，用历史唯物主义，来解决创作方法问题，即作家如何认识和表现现实的问题，马克思在他建立新的世界观的第一篇天才著作《费尔巴哈论纲》中，即从人和环境的关系来划分自己的世界观与旧的唯物主义的区别。准于此，我们能否也由对人和环境的关系的认识来划分各种不同的创作方法，现实主义表现环境创造人，浪漫主义写人创造（改变）环境，革命现实主义和革命浪漫主义写环境创造人和人（人民）在一定历史条件下对世界（环境）的改造。现实主义写环境，是社会环境，亦即社会关系；自然主义突出地理环境、生物环境；积极浪漫主义写人对环境的革命改造；消极浪漫主义写人对环境改造的阻抗，写反动者扭转历史车轮的幻梦。想想空想社会主义者对人与环境关系的看法，马克思对他们的批评，普列汉诺夫对爱尔维修的批评。

在河北大学续写

下午二时到保定，到河北大学后，恰好路上遇到孙振笃，他帮着安排住处。他说，我们班一位同学被开除党籍，另一位在清查中也有牵连。

十一月二十三日　星期三，晴，河北大学招待所

昨夜在振笃家吃饺子，并座谈，喝茶数杯。吃饺子前，有张宏榛老师端来冷菜四盘，都好下酒。

昨天上午河北大学中文系老师来谈，下午又来一次。其中陈若凡老师说到亚里士多德的悲剧观念，讲恐惧、怜悯、崇高，与后来的理解不同。我想，亚里士多德是从悲剧在观众心理上引起的效果，引起的感情类型来说明的。后来的说法（如“伟大的东西被毁灭”）则是从悲剧的内容，它的冲突的性质来说明的。两种说法并不矛盾，但都不是很科学的。恩格斯的说法，是用马克思主义的严密科学来说明的（历史的必然要求同它的不可能实现之间的矛盾）。但恩格斯也只是论及历史悲剧的一种，不能用来套一切悲剧。

下午上街，至古莲花池，据说曾为曹锟花园。

十一月二十五日　星期五，天津师范学院招待所

二十三日晚，振笃领我到于晓光家中略坐，多年不见，老余老了不少，我们去时，他正在楼梯过道码放过冬的大白菜。谈到旅大市大修楼台馆所，市委第一书记被撤职，二把手开除党籍。

二十四日上午动身，振笃与张宏榛同志来送，坐二〇二次车（石家庄至秦皇岛）下午四点到天津。车过北京，进北京要办手续，我们就先到天津。天津街道逼窄，车子（公共汽车）且行且止，人流黑压压一片，整个城市给人印象不佳。因地震，到处搭棚。周乐群的熟人徐桂庭领到她家棚内坐，一进去就碰头，大小四口，仅一张床，墙和棚顶很薄，屋内亦冷，饮水有咸味。徐的爱人姜东赋文静而善谈，对同行很熟悉，为我们说各地经典文论教学情况。

今天上午到南开大学朱维之先生家坐，他回答周乐群问话，关于马恩对现实主义、浪漫主义态度，似未中的。此事如能到京同光年同志一谈便好。朱先生和夫人对我校陈安湖老师熟悉，很亲切地问起。

同天津师院、南开大学老师讨论经典文论提纲——

1. 济金根可否为一位悲剧人物？按，天津版《马列文论选》第七十四页似乎认为不行。而恩格斯说，“济金根命运中的真正悲剧的因素”，“真正”为黑体字；并且说“悲剧因素正是在于，同农民结成联盟这个基本条件是不可能的”。

2. 拉萨尔“构想”（着眼）的冲突，是济金根命运中的悲剧因素，但他做了错误的解释。

恩格斯说的是企图解放农民而又不能背离自己阶级的这样

一个矛盾。许多历史人物都遇到这样的矛盾，例如屈原，明代的李岩。

傍晚去史如北家，在那儿吃晚饭。他劝我“专心搞学问”。他们家是一个干部家庭，生活水平又高，与我们一般家庭有些不一样。老史这个人是可亲的。天南地北地扯了一些情况，他对自己目前的处境很恼火。

十一月二十六日，南开大学文艺理论组办公室

李思孝同志说，苏联小百科全书有斯比尔培根（一八二九—一九一一），是德国倾向文学的代表人物之一，在李卜克内西《新时代》上发过文章，有一篇是《寡不敌众》。

十一月二十七日，天津师院招待所

早晨睡在床上，觉床在摇动，且发轻响，以为是有人碰了我的床，后来才知道是一次小地震，时间约在七点差几分。

到北师大招待所续记

坐二一二次车自津至京，由地下铁道至前门，得见毛主席纪念堂外观。在北师大传达室稍坐，后转招待所。招待所即原西郊人民大学旧址，一半为部队（二炮）营房，一半为学校宿舍。十三年前在此劳动，旧景仍未有明显改变。晚上上街略略一游，见到新北京饭店，又到百货大楼，东风市场。与周乐群到他亲戚家，其地在灯市口对面胡同内。亲戚是一位老者，可能是民主党派，赠送他临写的孙过庭《书谱》给我，末尾题有“一九七七年十二月十五日临第五十四遍”。

十一月二十八日，北师大招待所

在郑州大学时，安国梁同志说他们前些时在牡丹江开外国文学教材编写协作会，讨论到聂赫留朵夫的典型性问题。有的人说是思想典型，有的人说是社会典型。其实，这种划分在理论上是不大站得住脚的。

在陕西，马家骏同志说柳青受托尔斯泰、陀思妥耶夫斯基等人影响。子保说，柳青对福楼拜、司汤达有独到的研究，《创业史》强调记录心理过程，在这方面笔触较细，人们会感觉得出它受外国文学影响。

上午去北师大接头，收到祥馨的信及转来的石义林、徐志泉、范际燕来信。

下午找朱一之，先到第一外国语学院，后到语言学院（地址在原矿业学院），再到清华大学才找到，他在那里是工作队成员。谈了几个小时。语言学院许多留学生，奇装异服，碧眼曲发，对人倒颇亲切。从老朱谈话看，清华及整个北京运动，也很复杂。他对政治上的风云变幻十分感慨。

乐群同志晚回，他去看了冯至先生。

十一月廿九日　星期二，晴

向外国文学研究所同志请教《恩格斯论歌德》谈话提纲——

1. 这部分文章的内容主要是批判人性论和分析歌德的两面性，这两点又密不可分。因为格律恩把歌德说成“人的诗人”，实际是“把歌德的一切庸人的习气颂扬为人的东西”。在格律恩那里，人，等于德国小资产者。格律恩是从人性论的观点论歌德，恩格斯批判格律恩，指出要从社会、历史、阶级的观点论歌德。

2. 恩格斯说，歌德承认德国生活中的某些方面，而反对他所敌视的另一些方面。“某些方面”究竟是哪些方面？“另一些方面”又是哪些方面？“从内部”战胜鄙俗气是什么意思？

下午去中国书店西单商场分店买书，为系里买了两百多元钱的书，心里很高兴。又替陶才碧买毯子一床。下午发信给祥馨、石义林。回招待所时在北太平庄吃酸牛奶一杯。

十一月三十日　星期三

上午买公共汽车月票后，去电报大楼发电报至分院，要他们寄钱来。然后到外国文学研究所，见了冯至先生一面。与翻译美国文学的董衡巽同志谈，他说当今外国文学中美国文学影响最大。下午到人民文学出版社，见到蒋路、孙绳武、施咸荣等同志。施介绍英国人所著《马克思与世界文学》一书，此书《外国文学动态》原已介绍，似缺乏科学性。晚至周乐群亲戚家闲谈。

看到外国文学研究所走廊上摆满炉子，住房极挤，觉得十分感慨和悲观，我们的学术事业受摧残太甚了。

十二月一日　星期四

上午去虎坊路《诗刊》编辑部，见到封敏、杨子敏，他们忙，未能深谈，封敏约了去她家坑。后在隆福寺吃涮羊肉。找李基凯、萧枫，均不在。重到铁一号，感慨万端，种种旧景涌上心头。

昨天早上给韩之梓、丁成泉同志写了一封汇报信。

十二月二日　星期五，人民文学出版社

上午到人民文学出版社访程代熙同志，因为正在清查中，经过蒋路、孙绳武同志疏通，得到领导准许。

他首先谈经典文艺论著出版情况。周扬在解放区搞了《马克思主义与文艺》，新中国成立后修改为《马恩列斯论文艺》。后来出过单本，如《马恩论浪漫主义》，《论共产主义艺术》等等。再后来出里夫希茨的本子《马克思恩格斯论艺术》，在苏联是三十年代先出，五十年代修订后我们翻译。一九五九年出《列宁论文学与艺术》。斯大林的，苏联没有出，我们自己编的。“文革”前有一本“马恩论文学”，已发稿，没有出来。据说，曹葆华要拿到人民大学出版社出。苏联的一九五七年版，没有一八三三年马克思致拉萨尔信，中文全集第三十五至三十六卷收了。西方原先在马恩论文艺的出版上，没下工夫，美国、英国出了点小册子，几封信。六十年代后抓紧了，列斐弗尔编了一本，材料没超过苏联。美国出的一本，美英同时印。最近几年，苏联、东德，荷兰的阿姆斯特丹，合出马恩全集，包括残稿、译稿，分正册、副册，正册没有编者一个字。德国“真正社会主义”的著作找不到，《济金根》是从东德拍回照片请南京大学翻译。《城市姑娘》从俄译本译出，《巴黎的秘密》有六卷英文本，巴尔扎克歌颂共和派英雄的《幻灭》今年可出。

其次，谈他对马恩文艺思想的一些看法，强调在批评欧仁·苏时提出的文学要真实地反映社会关系，人物要有血有肉。马恩文章“现实主义”最初用在经济学，用在文学上是一八五九年，恩格斯说，“我所指的现实主义”，就是与十九世纪法国等国人们所声称的现实主义不同的。恩格斯对左拉的《小酒店》不满，拟写文章批评，后来由拉法格写了。

下午在中央编译局访陆梅林同志

他说，典型环境中的典型人物，俄文指的是大环境，苏联人解释是指社会物质生产条件，不同于具体环境。致拉萨尔信中“主题”应为“题材”。“善于经营的农夫”准备改译为“善于盘算”。

陆梅林同志曾随新四军五师在京山，谈起来很亲切。送我们到大门口，哨兵站岗处。

晚上再去铁狮子胡同一号，见到萧枫老师，苍老多了。

十二月三日　星期六

上午去文学研究所，与王春元、杨汉池两位谈，无甚新内容。

下午看山水花鸟画展，一幅《清明花开情最深》，满幅排列白花，凝视良久，有所感。这是一九七七年的一幅好画，后人恐不易懂得。由此想到，今之视昔，或亦类此。《青山遮不住》，画的是铁路穿山，因题目而使画饱含意蕴。

晚读《世界文学》所载苏联小说《这里黎明静悄悄》（尚未刊完），这种作品，对他们本国，不也会起瓦解士气的作用吗？他们为什么要捧？值得想一想。

十二月四日　星期日

学术道路问题。王春元说，要写时评，他对冷静的研究不以为然，认为，乾嘉学派本无可取，是文字狱环境下的产物。

但是，我想，阔大空疏，整年整月追逐过眼云烟，研究“空气动力学”，上头没有空气、精神，即不能举笔，此类文字究竟于人类、于中国有多大用处，也属可疑。较好的办法是把理论的深度与对创作的敏锐细致评价结合起来。另外，鲁迅说，采用外国的良规加以发挥，择取中国的遗产融合新机，这对中国文艺理论批评的发展有指导意义。取外国文论之精细而去其板拙，取中国文论之深峭而去其飘忽。

关于恩格斯《大陆上的运动》中说的，德国人发现小说的性质发生了彻底的革命一段，过去，人们常说，“恩格斯肯定了当时文学中出现的变革”（如天津一九七四年版），我也这么信了，这么用过（在分析《文学和出汗》的短文中）。前天，程代熙说，恩格斯仅仅是复述《总汇报》的话，并没有表示对这一看法同意。我一再看原文，确实是这样。恩格斯给拉萨尔的信中，关于主要人物是一定阶级和倾向的代表几句，是评论《济金根》的，并且是欲抑先扬，着重点在说要有莎士比亚式的情节生动性和丰富性，是批评拉萨尔剧本中论证性多了；而所谓"正路"，也是说拉萨尔注意到人物的共性。至于这种理解准不准、对不对，则是后面部分讨论的内容。

对马恩论述，怎样完整准确理解，不割取片言只语，这真是个问题。

上午去东四头条李传龙家吃饭，女主人专为我们准备了湖北的蓑衣丸子。

下午在建筑礼堂看电影《这里黎明静悄悄》，是蒋路同志送的票。电影比较忠实于原作，多用回忆，目的是用战前和平生活与战争的苦难对比。回忆镜头用淡的彩色，正面叙述情节用黑白色，使对比更强烈。鲜艳、柔和的景，蒙上轻纱，恍惚迷离。回忆中的姑娘美丽，现实中的姑娘着上军服，似乎真的变成中性了。姑娘们——女兵们洗澡的镜头，让她们脱下军装，赤条条的，使人感到青春、爱情、家庭生活的力量，让人憎根战争。因为主题是控诉战争，而不是控诉法西斯，所以，冉卡战斗而死，嘉尔卡逃跑而死，在影片中都说是英勇牺牲。她们都是青春女性，死在战争中。至于她们作为苏联人，作为苏军士兵的品德，则是无关重要的。欧洲人文主义者用肉感控诉禁欲主义，这部电影则用女兵们洗澡的场面控诉战争。

十二月五日　星期一，晴

上午在房里整理思路，暖日明窗，静院无人。把恩格斯致拉萨尔信中关于"主要人物是一定阶级和倾向的代表"一段，想得比较清楚了一点。这段话是对《济金根》的评述（"是"），而不是对文艺创作提出要求（"要"）。主要人物指济金根以及各种官方分子。恩格斯的意思是，拉萨尔写官方而未足够注意非官方的平民，写时代精神而未注意情节的生动丰富，是针对拉萨尔历史唯心主义观点、忽视人民而发的。

十二月六日　星期二

昨日下午朱一之来，邀我去他家吃饭，我因要到工艺美术学院未能和他同去，他略坐，谈党校等处情况消息，然后一同出来乘车。

工艺美术学院在东郊，坐车斜贯全城。张仲康家陈设素净妥帖，吃饭闲聊，他送我毛主席纪念堂纪念章两枚。

下午在家草成一信，给丁成泉同志，拟暂不发。

在北京大学小招待所续记

搬到北大校内小招待所，据说是梁效写作班子住过的地方，北面窗外不远是挂甲屯，彭德怀住过的。今天上午京山分院高庆仁、胡金柱两同志来坐。然后我和周乐群、周伟民到北大西语系，杨周翰先生请客，至中关村福利楼吃饭。午饭后在未名湖畔走过，环境优雅。

十二月七日，阴，记于北大民主楼

访朱光潜先生，记下他的一些话——

马恩文艺思想主要底子是反映论，《德意志意识形态》大家注意到了，另外，《经济学—哲学手稿》、《费尔巴哈论纲》，很重要。上层建筑是否包括意识形态、思想体系？经济、政治、意识形态三个因素的关系问题。反映论要从合力来看，不能看得简单。

现实主义一词，十七、十八世纪开始用，最先法国人用于绘画，后来英国有一派诗人用。现在说的现实主义，是马恩提出，高尔基发展了的；批判现实主义是高尔基提的。欧洲不讲现实主义和浪漫主义的区分，谈的是古典主义和浪漫主义的区分。

希腊悲剧反映希腊人的命运观，英雄到后来都死了，亚里士多德认为英雄失败总是由于性格的缺点。喜剧属于市民阶层，狄德罗、莱辛建立市民剧。典型，在欧洲原来指模子，打字机每一个字就是一个典型，"塌衣扑"，意思是常态。

在招待所续记

朱先生的一本《马恩列斯文艺论著选》，密密麻麻是他的校改，他认为翻译得不准、不对的。他借给我们带回招待所转录。

下午去北京图书馆转转，上街买本子、糖果、小人书，准备带回京山，从西四、西单，转到王府井大街。

十二月八日　星期四，北师大中文系

坐在公共汽车上想，此生余年，没有那么多时间、精力，应以中国小说、戏曲为支点，参照西方经验（理论以及技法），着眼创作的现状，做一些思考。

昨晚过录朱光潜先生校改北大编《马恩列斯文艺论著选》，从上下文、全文看，有些改得颇有道理。

上午访北师大中文系文艺理论组梁仲华同志，他说，关于"席勒的方式"，关于"见解不要特别说出"，应看到，时代变了，现代生活本身就充满政治术语，是否一定含蓄就好？所谓"不要特别说出"，应理解为反映现实的丰富、复杂、矛盾的曲折性，不要简单化，和作家的艺术处理。

于光远最近在教育部与社会科学院联合召开的文科座谈会上，建议成立教育科学院，下设各所，研究教育学、心理学、教材教法。

下午游五道口，后在海淀浴池洗澡。晚饭前在北大校园内散步。晚上陈焜来找周乐群，说及西方社会文艺情况，谈到心理分析。他说，“文革”中他在几十万人大场合，觉得自己像一条虫。

十二月九日　星期五，文学研究所

访毛星同志。他说，形象思维，别林斯基认为他最先提出（《艺术的观念》）；高尔基也讲过，高尔基说的形象思维实际是指想象。思维就是抽象。周扬原来不同意我关于形象思维的意见，郑季翘的文章发出，周忽然同意，据说毛主席表了态。但最近又听说，毛主席给陈毅的信肯定了形象思维。恩格斯给拉萨尔的信，不是对一切悲剧的概括，而是讲历史悲剧，某一种历史悲剧。歌德写葛兹不企图说明历史，是写某一种情绪，借以宣传狂飙突进。

下午在北大西语系看法国五十年代电影《人们要活下去》，写夏丹教授，不听朋友卡特教授和妻子的劝阻，执意研究原子弹，结果爱子因为核污染患白血病死去，夏丹听了日本医生关于广岛惨剧的控诉，幡然悔悟，离美返法。他已经找出造中子弹的原理，可以使地球毁灭。美国人罗丹劫去笔记本，夏与罗搏斗，杀死罗。影片除了原子弹与人类的矛盾，还有享受青春生活的妻子与迷恋科学的丈夫的矛盾。

晚去清华访朱一之，未遇。

十二月十日　星期六，晴，外国文学研究所

今天访外国文学研究所，他们多位同志一起接待我们，参加的有冯至、叶水夫、陈燊、吴元迈、柳鸣九、黄宝生等。

冯至：马恩的论述有许多要结合当时的文学背景，如倾向文学，是四十年代小资产阶级激进派的，一时成风。海涅有一首长诗《阿塔托尔》就是反倾向诗，是讽刺的，但中译本作为正面的。

黄宝生：那些作家的“倾向”并不高明，往往出毛病。

吴元迈：普列汉诺夫赞成《怎么办》，说它的“倾向好”；他反对列宁对《母亲》的评价，理由又在它的强烈的倾向。这时（一九〇三年之后），普列汉诺夫正站在反对布尔什维克的立场。

冯至：海涅的大量诗文，在《总汇报》上发表。

陈燊：列宁在一篇文章中谈到，对托尔斯泰只能从社会主义工人阶级立场分析，另一篇则说不能仅从工人阶级观点分析。这两句话并不矛盾。“角度”和“观点”不同。列宁论托尔斯泰第一篇同《唯物主义与经验批判主义》几乎是用几个月写出来的。“镜子”也就是“反映”，从反映论提出问题。论托尔斯泰中提到有各种各样的社会主义，例如，有封建的社会主义。苏联有人认为，托尔斯泰不限于封建的社会主义，主要是小资产阶级的社会主义。苏联有人认为贝奇科夫的《托尔斯泰评传》有庸俗社会学倾向。法捷耶夫在《谈文学》中说到世界观内部的矛盾，不同意说成世界观与创作方法的矛盾。

下午，三人坐地铁到八宝山，瞻仰陵园。在任弼时等领导人墓前默哀，看了汤用彤等文化科学界人士的墓。康生墓碑上有人刻画了反对他的话。

十二月十一日　星期日

上午飘雪花，携苹果、蛋糕至朱一之家，呷酒尝菜，款谈甚洽。后至东交民巷封敏家，读到打印出来的毛主席给陈毅谈诗的信。三人纵论时事，回叙经历，封敏送我们至电车站。

十二月十二日　星期一，晴

上午至车站，将在京购买的物品托高庆仁、胡金柱两位同志带回京山去；后至外国文学研究所，找叶水夫同志，商定请他们写稿的事。下午，在王府井购得《陆游集》等书。陪周乐群在西单商场购物，一个女售货员，态度极坏，周乐群又较劲跟她磨。我很疲劳，坐二十二路回招待所，经中组部门口，见大标语“拥护中共中央免去郭玉峰职务，任命胡耀邦为中组部长”，未看清，到平安里跳下车回走，周乐群不知道我为什么，只好跟着走，看了标语重新上车。

晚上摘抄鲁迅研究室整理的《周扬同志谈国防文学和三十年代文艺界的一些问题》（一九七七，十一月二日）数千字。

十二月十三日　星期四，阴

今天早起，身体不适，勉强出门，到礼士胡同，文化部政策研究室，找到冯牧同志。他主要谈了对毛主席给陈毅信的学习体会。冯牧同志身体不好，仍然那么亲切、和蔼，侃侃而谈，他居然还清楚地记得我。他建议我们找陈涌，告诉我到北大蔚秀园十六公寓找杨楠，陈涌的女儿。又建议我去找张光年同志。

以下冯牧谈话，记于文化部政策研究室。

郑季翘说，主张形象思维的人反对唯物论认识论，这是强加于人；郑是主张主题先行。发表郑季翘文章时，周扬说，郑提出了重要的问题，做出了贡献。一百八十度转变的是李希凡，他当时说郑季翘是胡说，后来在《红楼梦论集》附注中说要改用“艺术思维”。我们现在理解的形象思维，最早是别林斯基提出来的，他早期的解释是唯心主义的，说作家处于梦游状态。晚年别林斯基不说形象思维而说想象，杜勃罗留波夫讲的好一些。形象思维是一个创作构思过程，是符合唯物论的，是一个长期积累过程，从感性到理性。毛主席讲比兴，是艺术手法，属于形象思维范围。形象大于思想不能否认，这个问题普列汉诺夫讲得较好。陈涌关于形象思维的文章有错误，但有独到见解。“新诗迄无成功”指的是形式探索。郭小川、贺敬之探索有成绩，但不稳定。

最后他告诉我，华主席批示，成立鲁迅全集编注组，由林默涵、冯牧、秦牧负责。他很佩服林默涵的思维能力，说时常有某个想法像电火花一闪。

晚上回招待所续记

上午后来到东总布胡同光年同志家，他可是老多了，正忙着看郑季翘文章，准备讨论会，并说我们可以去听讨论会。我犹豫，不敢答应下来。

下午到前海西街文化部艺术研究所，联系找王朝闻之事，所里编译室给了两份材料，接待的是蒋菀同志。

晚与乐群一起到他堂兄周发勤家吃饭，喝长沙大曲，香洌醇美，吃了不少红烧肉。周发勤转述吴江十二月七日在科学院的报告，给我们考虑问题开了一扇新窗。报告里说，林彪有哲学，经常以警句名言取胜，“四人帮”的思维能力比林差得多，报告文学《余党末日》记陈阿大说：“什么‘把国民经济搞上去’，为什么不把国民政治搞上去？”

十二月十四日，雪，记于《诗刊》编辑部

昨晚回去向周伟民、周乐群他们两位说访冯牧、光年情况，乐群马上亢奋起来，力主争取参加《诗刊》座谈会。我有些为难，今天上午只好到这里来联系，先找到封敏，她说可以来听，但要杨子敏来定。见杨子敏，他指给我看会议室，确实很小。封敏说，我们就坐在他们办公室，与会议室相连，房门开着就可以很清楚听见发言。

冯牧昨天说，毛主席说过，“不要看话剧，我们不是天天在演话剧吗？”这不知是何时何地说过的一句话，很可能是批评自然主义的东西，希望在思想和艺术形式上都不同于生活原型。

上午周伟民、周乐群去访问了丁浦、廖仲安两位老师，有人提出解释经典论著的方法——以经注经，以论注经，以史注经。

下午开座谈会，参加的有臧克家、赵朴初、谢冰心、贺敬之、林默涵、魏传统、张光年、冯牧、阮章竞、张志民、朱寨、蔡仪、朱子奇、林林等五六十人，靠南墙一排是领导，相对着的七八排是会议参加者，都坐得很挤。李季做开场白后，先请几位老诗人发言。

臧克家说，信里说的“今诗”，是今天写的旧体诗。

赵朴初说，毛主席改的是陈老总“六国之行”七首五律的第一首。信中提到韩愈三首诗都是古风，我猜想，主席的意思是鼓励陈老总写古风，少写律诗。从主席改《西行》，可以看见主席于律诗功力之深。诗歌和散文的区别，就在于要节奏和韵律，而这又取决于民族语言的特点。比兴，如“湘竹一枝千滴泪，红霞万朵百重衣”，是比，上句比旧时代苦难，下句比光明绚烂的新生活。“天高云淡”是兴，好像同下面有关联，又好像没有关联。“以上随便说来，都是一些古典”，意思说都是一些关于古典诗歌的问题；以下说“古典绝不可要”，意思是古典诗歌形式不可不改。这是写给亲密战友的信函，有些话可省则省，我们不要以辞害意地理解。古典是对新体而言，并不是指典故。写诗用典不可避免，这也是形象化的问题。

冰心说，主席为什么说他的诗是“马背上哼成的”，为什么“哼”？因为要讲声韵。看到有些年轻人的诗，非常可惜，因为他感情真，但不合声韵，无法改，一改就得重来，损害了他的内容。民间谚语，“麦子盖了三层被，明年枕着馒头睡”，多好，好听。

张光年是有充分准备的长篇发言。

他说，这封信总结了古典诗歌的艺术规律，写诗要尊重诗的艺术特点、艺术规律、艺术手法。关于形象思维的论述，不仅适合诗歌创作，而且适合一切文学艺术。新中国成立以来，形象思维问题上进行了两条战线上的斗争。胡风特别强调形象思维，目的是否定逻辑思维。我们批胡风时提出的论点是，形象思维当然存在，就是要根据生活加工酿制，再创造，要在作家创造的第二现实、第二自然、形象世界中构思，一刻也不能离开人民的三大革命运动的具体的感性的东西。我们反对胡风把形象思维孤立化、抽象化，我们认为，形象思维受世界观指导，过去有些文章在这个问题上没有展开；形象思维在文学、音乐、绘画中各是如何表现，都没有细致研究。我们不赞成否定形象思维，那也就是否定了文艺的特点，否定了艺术本身，搞成千篇一律、味同嚼蜡的东西。要弄清两种形象思维论和两种反形象思维论。形象思维论一种是胡风和受修正主义思潮影响的人，如蒋孔阳、周勃，把形象思维神秘化；另一种坚持作家要改造世界观。毛星同志不赞成形象思维，我们口头上争论过，谁也不扣帽子。郑季翘的文章不属于学术讨论，他一九六三年交给《红旗》，《红旗》杂志说如要发表，需要去掉一切帽子，作者不同意。一九六五年陈伯达去大庆，绕道吉林，见到作者，如同发现宝贝。在陈伯达支持下发表，而且一头一尾还把帽子加得更厉害。发表在一九六六年第五期，江青的《纪要》已经出笼，就是要的这个东西，好像“黑八论”还不够，还要加一个形象思维论。一九六五年十二月杭州会议，讨论哲学，陈伯达问主席，有没有形象思维？主席说有，他们偏要反对。郑季翘文章故意隐瞒文艺界对胡风等人形象思维论的批判，说文艺界“没有触动”、“没有批判”。这和江青提出“黑八论”的手法是一样的，这不是战斗，这种手法是不道德的。把已经批判过的胡风的形象思维论说成是我们文艺界普遍的基本理论。郑的文章用政治代替艺术，用一般的艺术规律代替形象思维，公开提出从主题出发，从思想概念出发，用世界观代替创作方法，用教条主义代替修正主义，这篇文章起到给林彪、江青帮腔的作用。如果说，主席在杭州会议上关于形象思维的意见郑季翘不知道，《讲话》总读过吧！《矛盾论》总读过吧！主席的意见陈伯达总知道吧！他们还要那样讲、那样做。究竟是谁在反对马克思主义毛泽东思想，究竟是谁在“散布反马克思主义的妖风迷雾”？！高尔基为建立社会主义文学同“拉普”斗争，特别强调形象思维，强调文艺的特点，这是高尔基对社会主义文学的贡献，应该感谢。他批判继承别林斯基、黑格尔，他做得对。应该赞扬。

阮章竞接着说，我当时在简报上看到主席在一次会议上讲话，认为不能没有形象思维。这封信总结了古今诗歌创作的经验，指出了无产阶级诗歌怎么走，中国诗歌怎么走。一九五八年成都会议谈到了诗歌的出路：民歌和古典诗歌。

张光年：中国诗歌的黄金时代都是向民歌学习，主席特别强调这条经验，主席这种苦心孤诣，我们应该惭愧。

阮章竞：主席自己搜集民歌，成都会议每个人发三十张纸，要求记录民歌。信的头两句表现谦虚，实事求是，尊重别人的劳动。我过去写民歌体，表现农村，新中国成立后写工业，场面大了。从民歌和古典诗词学，大多数同志也是走这条路。

蔡仪：认识论，旧心理学，对想象说法不一样，想象如果是理性的，就有思维。高尔基说到形象思维就是艺术的想象（《文艺书信集》）。（张光年插话：想象可以是局部的、零碎的，形象思维是完整的创造过程。）西方资产阶级说想象就是直觉。当时在中宣部，开了三天所谓征求意见会，大多数人反对郑季翘的文章，他一点也不接受，反而一个一个批驳，关锋在场给他助威。毛主席说“形象思维方法”，作为思维方法来提，和马克思的艺术掌握世界的方式一致。（张光年插话：又是规律，又是方法。）信中说“唐人规律”，就是形象思维规律。

林默涵：从这封信不但可以看出主席怎么写诗，也解决了诗歌和文艺的许多问题。毛主席和马恩都很重视艺术的形式，马克思认为自己早年写的诗韵律不好。梅林说，诗的女神没有把写诗的才能放在马克思的摇篮里。恩格斯谈拉萨尔的剧本时，说，为形式而损害思想内容，这也是不可避免的。（张光年插话：这句话带有讽刺。）艺术家如果不努力追求作品的完美，就是给自己的作品解除武装。郑的文章《红旗》不同意发表。陈伯达说，一定要发表；编辑说，应该让大家讨论。中宣部召集会议，征求理论和翻译工作者（如叶水夫）意见。我给郑季翘写过信，有两点我不同意，一是他说形象思维论是修正主义文艺思想的根本、中心；二是说形象思维是尼古拉耶娃提出的。我们叫他不要闹笑话。后来他又在《人民日报》发表文章，说他第一个批判形象思维，他批形象思维就是批周扬。文学塑造形象，抒情诗也是抒发具体的感情。比兴以具体事物为对象。所以，文学创作不能离开形象。文艺和科学有区别，它们对人们的作用有区别，两种劳动当然有各自的特点。李白、李贺不大写律诗，因为律诗容易受束缚。但毛主席的诗多是律诗，巨匠多是在严格的规则中施展他的才华。毛主席肯定韩愈，就是要容许多种风格，转益多师。那个时候，谁要说注意艺术形式，“四人帮”就说是形式主义。谁说形象思维，就说你否定马列主义世界观。“四人帮”否定自然科学的基础原理，也否定文艺的基本原理。否定形象思维就是否定从生活出发，而要从概念出发，这就是文学的死亡。

孟伟哉和朱寨也发了言。

魏传统说，我同意林黛玉的意见，同意陈老总的意见，不受词牌限制，只要有佳句即可。

贺敬之说，形象思维是文艺科学的基础理论（张光年插话：是文艺创作生死攸关的问题）。郑季翘现在是北京市委党校的校长（张光年插话：尚未就职）。

回招待所续记

今天下雪，从《诗刊》社到公共汽车站。棉鞋湿透了。座谈会开到一半，封敏让我们从办公室转到会议室后排去坐，她发现了几个空位置。散会后，看到诗人们一个个在飘飞的雪花中各自离开。

十二月十五日　星期四，雨

前天和昨天在坐公共汽车时，想毛主席给陈毅同志信中的问题，着重想艺术形式问题。一，马恩（如在致拉萨尔信中）列宁（如在《党的组织和党的文学》中），一贯十分重视艺术形式问题；二，“艺术形式”有两个意思——艺术形象是艺术反映生活的形式，艺术形象又有它的形式。毛主席信中对这两层意思都谈到了。三，艺术形式中一个极其重要的问题是民族化、群众化问题。毛主席讲新诗几十年迄无成功，是用这个标准去说的，要新诗向民歌和古典诗歌学习，是民族化、群众化的重要途径（继承借鉴）。谈比兴，也是民族化、群众化的重要手法。

上午北大中文系（三十二号楼）北大中文系文艺理论教研室访吕德申、张少康两同志。他们介绍，《致哈克纳斯》有两种英文本，苏联和德国分别出版的。德国的马恩全集本里面收录了这封信的英文本，纽约四十年代的英文本又是一种。这几封信苏联在一九三二至一九三四年发表，曹葆华根据纽约本翻译。《城市姑娘》中译本后面附有苏联的文章，其中有关于“倾向文学”的介绍。

回招待所续记

中午朱一之来电话，约去舒晓鸣家里。

晚抄录郭小川一九七五年九月下旬至十月（团泊洼—北京）读书笔记，两千多字。

十二月十六日　星期五，晴

上午在蔚秀园公寓找到陈涌（杨思仲）同志，他住在十六公寓四〇五号，女儿杨楠家中。此人很痛快，谈了对一些理论问题的看法以及对文艺界人物（冯雪峰、周扬、何其芳、李希凡）的看法，褒贬分明。

下午去清华，与朱一之闲聊，访舒晓鸣，不遇。独自去首都体育馆，看伊朗队对河北队排球赛，主要目的在看体育馆建筑。巨大的体育馆寥寥几个观众，我觉得很自在。邻座有一位解放军战士，有时我们交换一下闲适的微笑。

十二月十七日　星期六，晴

上午朱一之来坐，送他后，到北大校园内斯诺墓看了一下，墓在湖边。

晚上又搬到北师大招待所。

看九日《人民日报》上钱学森的文章，关于电子计算机可以代替人一部分脑力劳动的论述，有些意思。

昨天给丁琳、子保发信。

夜读《陆游集》中《剑南诗稿》卷十一《初发建安》：小雨初收云未归，吾行追及晚秋时。寒沙新雁无人问，露井残桐有客悲。征袂拂霜晨唤马，驿窗剪烛夜题诗。悠然且作寻山想，梦里功名莫自期。读时联想旅途生活，“征袂拂霜”——郑州下车，“驿窗剪烛”——孟塬火车站夜题诗。

又，《木兰花》词：身如西瀼渡头云，愁抵瞿塘关上草，可以作为讲比喻的例句。

十二月十八日　星期日，晴

上午在家算账，准备将单据寄回，好在年前报销。

中午到建外工艺美术学院，张仲康已去云南，他的爱人（后妻）十分温和礼貌。后在天安门广场转了一圈，至军事博物馆参观，看了刘伯坚、李陶等烈士遗书。发信给张光年、冯牧、陈引颖同志。

约了陈涌明天谈话，谈现实主义问题，略作考虑。关于现实主义问题，一，从继承革新角度看，卢卡契到秦兆阳，强调继承；拉普、“四人帮”则强调“革新”，无视艺术规律。二，从作家与生活关系的角度看，前者强调忠于生活，反对先进世界观指导；后者强调作家的立场、观点，否定生活的第一性。三，从典型的共性与个性的关系角度看，前者强调个性化，脱离时代精神和阶级观点；后者强调共性，抹杀个性差别。四，从环境和性格的关系角度看，前者强调环境决定性格，否定人能改造环境；后者强调人能改造环境，否定时代条件，走到天才史观。五，从现实主义和浪漫主义关系的角度看，前者强调现实主义，实际是政治上的冷淡，艺术上的自然主义；后者强调浪漫主义，实际是哲学上的主观主义，艺术上的单纯号筒。六，从倾向和形象的关系角度看，前者强调形象，否认倾向，是客观主义；后者强调倾向，不要形象，是简单图解。七，恩格斯在当时条件下的正确言论，被前者歪曲；毛主席在新条件下的发展，被后者篡改。八，从世界观与创作方法关系的角度看，前者强调方法的独立性，割裂两者的关系；后者强调一致性，以世界观代替方法。

读前几天所购董老诗集，有句云："拟于不伦嫌浅率，论须求允费沉吟。"

又，董老诗集中可以作为讲山水诗阶级性举例——一九七〇年八月二十日《牯岭即事》："山中连日雨阴沉，秋肃为功动鬼神。午后云开红日出，林间暖入晚晴新。"与一九七二年《偶成》对照："盗名欺世小爬虫，以假充真变色龙。日照原形终毕露，岿然牯岭谁能冲？"前者含蓄，后者浅露，讲倾向与形象关系时，可以举例比较。文革初期的示儿诗《偶成二绝句》，可依稀想见其处境、修养与处世哲学（"风来有迹叶微动，潮退无声滩渐明"）。写朱总司令的四句（骨头，胸次，主人，民仆），写陈老总的两句（皓月，清风）不唯内容好，语言风格亦切合被咏之人。

十二月十九日　星期一，北师大招待所

发信祥馨、魏佑章。

陈涌同志来访，他说，长期以来，用政策方针代替全部文艺理论。在毛主席提出"认真看书学习"以后，有人才搞马恩文论。现实主义问题始终是马恩在文艺批评上注意的中心。对现实主义应如何看待，它在今天还能有什么作用？值得研究。这次批"四人帮"在历史科学、经济理论，能从理论高度批，而谈文艺却还只是从政治角度批。倾向性同真实性的关系，在政治上没有解决，在创作实践上暴露了严重问题。马恩谈了这个问题。这个关系，可以不可以说，是一般规律与特殊规律的关系。我认为艺术真实是基础，倾向是从艺术真实中自然发生。离开了艺术真实，倾向性就没有依托了。恩格斯说，倾向不要特别地指点出来，这是现实主义的一条原则，对今天同样适用。同不要为了理想而忘掉现实、不把个性消融到原则里、不要席勒式而要莎士比亚化，是一致的。“愈隐蔽愈好”一句，在原稿上曾经划掉，而且字迹不清。听说，俄文版《德意志意识形态》同德文本不同，把马克思当时不明确东西明确化了。“就他们本身而言”一段，同致拉萨尔信中“要写出积极背景”是一致的。耐丽可以写，济金根可以写，但要写出历史环境，写出群众斗争。恩格斯说“我所指的现实主义”，是严格要求的完备的现实主义。巴尔扎克看到了贵族灭亡的必然性，是指实际上在作品中看到了，表现了，但并不明确，甚至和巴尔扎克明确表示的观点矛盾。巴尔扎克的《恐怖时代》（世界文库中收得有）写一九九三年贵族的处境，雅各宾专政的气氛，写得好，但作者同情贵族。《葛朗台》，葛朗台的老婆和女儿的感情是封建的，他自己则是资产阶级的，巴尔扎克同情前者，批判后者。艺术与物质生产发展的不平衡规律，应该放在政治、经济整个关系中去讲，先正面讲历史唯物主义观点（《〈政治经济学批判〉序言》），然后讲不平衡的特殊性。世界观和创作方法的关系，世界观内部有矛盾，但世界观和创作方法的关系还是可以研究，不能说就没有矛盾。恩格斯讲典型环境中的典型人物，苏联关于社会主义现实主义的说法，“历史地、真实地、具体地去描写现实”，对恩格斯有所发展。研究艺术的特点，音乐、绘画创作中，感受的、体验的东西多，有几岁的抒情诗人、音乐家，没有几岁的小说家。历史上常常是文学运动带动其他艺术部门。

晚上在招待所摘抄《文史哲》一九六三年第四期狄其骢的文章《关于典型问题的讨论综述》，分为关于典型的共性，关于典型与理想人物，关于典型与典型环境，典型与艺术方法几个部分。

十二月二十日　星期二，晴

上午上街，到北京市委找曹子西同志，未遇。买任继愈

《汉唐佛教思想论集》一册，在东风市场吃炸糕、豆粥，至车站邮局发挂号信，即归。

上次读《大唐西域记》前言，谓玄奘所以要西行取经，因为他觉得佛教在中国影响的衰落是由于内部分为宗派，彼此攻讦，威信大为降低，需要以真经统一思想。今观任继愈文章，讲到虔诚的佛教徒对教义的曲解，以中国的黄老之学、道术、玄学，解释大乘般若。此两类现象在历史上均有普遍性，似可深长沉思之。

下午在招待所读任继愈书并做笔记。

一个多月来，接触了许多人，从各种人接触各种性格、心态，例如陈焜，他谈到一九七六年四月，在天安门前，心灵的净化；又说，他当年曾幻觉自己只是一个工具；周发勤，他说到空想社会主义、市侩社会主义、现实共产主义，认为周恩来和邓小平是现实的共产主义，又说，知识分子是工农中的优秀者；冯至，他说不要以领袖的片言只语为依据，要以我们自己所认为的马列主义为依据，还有范子保，他谈到李一哲的公开信，某些人的可怕的精神状态；史如北，他要我搞学问；朱一之，还是他一贯的无所顾忌的实事求是派态度……想想知识分子的动向，进一步想想时代对意识形态的要求，都不是没有意思的。现在，昂扬的浪漫调子唱的少了，冷静求实、尊重物质利益而又有适度限制的想法，在一些人脑中滋生。无产阶级专政的巩固，要求哲学，所有意识形态为它服务，并回答群众的要求。

十二月二十一日　星期三，晴

上午在家续读任继愈书，做笔记。后去清华，找朱一之，取明日下午开会票，与朱同房的另一工作队员，是市委统战部干部老徐（许？），闲谈，他说，华主席最近在计划工作会上讲，初见成效问题，今年钢产两千八百万吨，清查要基本告一段落，重申重点在清查党的“十大”以后。在清华吃午饭。下午续抄周扬谈三十年代，李何林、王瑶在三院校现代文学讨论会发言，冯乃超访谈等材料，至夜一点。

晚曾至海淀“增强浴池”洗澡，后北大罗经国专来北师大招待所，话别送行。

进澡堂时已经六点四十，临近关门时间，浴室内已无其他顾客，尽情冲洗，甚为畅快。一年老服务员，极为热情，连送热毛巾达五六条之多，又多次送开水。归后，在隔壁二炮司令部观电影《大庆人》。

十二月 二十三日　星期五，十一次列车上

昨天下午，在首都体育馆，参加清华大学批斗迟群、谢静宜大会。会后，独自赶到火车站，在车站看了一个小时书，然后上十一次特快，是下铺，很舒适，与对铺军官略谈，即睡。

晚大雾，在东长安街，不见北京饭店，对面几米，不见灯光人影。

在辽宁大学招待所续记

上午八时抵达沈阳，即至辽宁大学，见到引颖，他现任学校党办主任，见面十分亲切。到他家，杀一只鸡，大嚼一顿，饮冰糖葡萄酒。

下午上街，至太原街略看。

晚陆贵山来招待所看我，至他家，畅谈。他说急于调回北京，说到曾与张光年、冯牧谈，也谈到我。大雪，贵山家至招待所约两百米，快步走回，满帽是雪，地上已有数寸厚了。

十二月二十四日　星期六，晴，辽宁大学招待所

早起，至火车站，因大雪，路滑，全市居民分段包干扫雪，车行甚缓。购得去大连火车票后，去百货商场买高压锅，二十四公分，二十八元五角，出口货，很满意。

发信姚慧，寄去车票并信，给魏佑章、丁成泉，告知已经收到他们来电，又发信祥馨。

归后，在招待所吃肉片，东北米饭半斤。在街上给祥馨买了《三角函数》两本。

赖应棠同志来访，他说，马恩列斯毛文论，辽宁大学在三年级下学期开，七十多节，讲授加讨论。东北高校协作教材，最近有小修改，已经改定，明年暑假前印出来。议论较多的是艺术生产与物质生产不平衡关系，多数人主张平衡是主要的，不平衡是次要的。关于《致拉萨尔》一信的中心，有人以为是谈革命悲剧，有人以为是历史唯物主义的运用。历史上的济金根是否有一定的客观进步作用，是否具有两面性？

关于“倾向不要特别说出”，赖应棠说，他在《长春》上发表文章，后来一位姓贾的同志提出异议，赖说这是政治性和艺术性的关系，贾说是政治性和真实性的关系，因为敏·考茨基唯心主义，导致作品没有社会真实性，赖接受了贾的意见。

关于托尔斯泰“宗法制农民”观点的材料，如《活尸》、《光在黑暗中发生》。

关于列宁致高尔基信，黑龙江大学找到一些高尔基当时观点的材料（从全集里找出）。

赖应棠同志说，他准备写关于艺术特点、典型问题，寒假之后交稿给我们。

晚在陆贵山家喝酒，吃饺子，后又到引颖家辞行，贵山一再谈组织问题和工作调动问题。告知，李基凯住隆福寺一百二十三号四楼，冯牧住黄土岗胡同。

明天要离开，在沈阳什么地方也没去玩，就只是在火车站与辽宁大学之间跑，但心情十分愉快。从引颖处得到真挚友情的温暖，与贵山谈，也觉得思想开阔，收获很大。

十二月二十五日　星期日，晴，大连师范学院教师宿舍

五时起床，提行李走出辽宁大学，虽然戴了皮手套，手还是冻得不可忍受，勉强支持到公共汽车站，把行李一丢，暖手。下汽车到火车站，近一百米，鼻子极其酸痛。火车上闷坐六小时，到大连，遍地寻周乐群、周伟民两人，毫无下落。大连人特别的热情、客气，一位年轻的姑娘引导到招待所，没有我要找的人。我把行李存在她的房里，再去找人。中文系女秘书陈同志带我满院找。最后，我一人坐车到海滨，在星海公园旅社等处也没有找到。回师院，康伣老师在家给我下面，到陈奇祥老师房里休息，睡前，有政史系两人来长谈，觉非常疲倦。

第一次看见海。大连，公园般的城市。

十二月二十六日　星期一，晴，大连师范学院中文系文艺理论组

昨晚没有联系上自己的同伴，在大连师院中文系陈老师房中睡，今晨陈老师陪同吃早饭，随后，上午，系里教师开会，由周乐群、周伟民两位给他们介绍我们在北京的见闻、消息。中午，他们请吃饭。大连阳光灿烂，天气暖和。

在沈阳与贵山谈天，他说，只要有条件，还是很愿意艰苦地思想，还谈了一些他的哲学观点。讲到中宣部有一个意见，认为文艺界批“两个估计”时，讲十七年的缺点太少。他认为，对“文化大革命”评价问题，值得注意，此后一些做法也应真正肃清“四人帮”的错误做法。看来，他代表了相当一部分人的思想倾向。

在引颖家，发现贵山是一个很灵活的人。他同我一起去见引颖，颇为自然，在那里谈话甚活跃。

二十一日，在清华，朱一之送我出校门时，谈及华主席最近（十二月初）在计划工作会上的讲话，关于生产，即“初见成效”和“大见成效”的问题，另一个是运动问题，说不要搞控诉，重申重点在搞“十大”以后的问题，不要挑起派性。后来我才知道，此事可能重点是指东北。沈阳两派剑拔弩张。到大连后，听康伣老师说起这边情况，与引颖的观点相反，双方各执一端。现实问题如此复杂，不容易弄清楚。但由此深感华主席指示及时、稳妥，联系他关于教育问题的讲话，颇有领导者的胸怀。讲话第三点讲的八亿人要有章可循，各方面要有章程条例，工业上已经搞出了个三十条。

大连师院中文系康伣老师已是六十多岁，十分热情，善于体贴人。

今天下午与中文系文艺理论组、外国文学组同志座谈。

十二月二十八日　星期三，阴，大连云山宾馆二一六房

前晚搬到宾馆来住，昨天去旅顺，乘火车去。沿海湾步行至西旅顺，到旅顺博物馆参观。有木乃伊九具，毛发具在，脚趾甲犹有紫红色，男女皆作髻。西旅顺像是一座公园。后来经俄、日统治时期的大狱，阴森可怖。最后，上至白玉山上，日寇所建的表忠塔，从那里看旅顺全景。夜乘汽车回，读吉米·卡特的《为什么不是最好的》。

抄录李普在新华社国内工作会议上的发言。其中说，毛主席一九五八年四月指示，记者采访，不要把任何一件事情绝对化，好事情也不要全信，坏事情也不要只看它消极的一面。唐朝有个太守，问官司用勾推法，就是比较。如果别人说全好，那你就要问一问，是不是全好。如果别人说全坏，那你就说，“一点好处也没有吗？”记者要到下面去，跑衙门跑不出名记者。李普发言最后一节是提倡为革命钻研业务，大张旗鼓地提出，钻研业务是革命化的表现。

今晨去师院告别，他们的校名应该是辽宁师范学院。

在渤海之上 工农兵十二号轮船 续记

下午去老虎滩看海，伫立礁石上，凭海浪冲击，遥望远处，心情亢奋。

晚，辽宁师院多位老师来送，坐吉普车到海港，陈奇祥、贺水彬、王悦等四位送到码头。五等舱拥挤肮脏，人畜混杂。事前王悦老师写了一张便条，通过船上政委阮遂和，换了二等舱。我在轮船会议室等待政委处理此事时，与两位远洋船员闲谈。然后一起安排好住宿，为二周说我在北京听得来的一些文艺界消息，共吃苹果，是辽宁师大贺水彬老师赠送的，个儿小，很甜很脆，三个人大嚼。夜里到走廊观海景，大风，不能久立，到十一点半，回房睡了。

十二月二十九日，烟台师专文印室

工农兵十二号晨四时多抵达烟台港，刘家和老师已经在码头等候，即乘他联系好了的出租车至烟台师专，路上铺一层冰，很难走，时间太早，先在文印室休息。

在烟台师专招待所续记

中午在刘家和老师家里吃饭，喝了几口酒，下午蒙头大睡，到晚上八点起来，口渴，到开水房找水喝。中午饭前，在刘家，重读普希金《致大海》。

招待所无取暖设备，很冷，与两周闲谈，为他们讲清人笔记中小故事。

十二月三十日　星期五，阴

此处室内无暖气，感觉奇冷。上午与烟台师专同志座谈，为他们说一些情况、消息。

师专环境清幽，在这里感到舒适。

看《光明日报》去年十二月二十四日，臧克家《新诗形式管见》，引述毛主席说，文艺改革，新诗最难，大约需要五十年。毛主席对陈毅说，你还可以写新诗，你胆子大，我不敢写。又引闻一多说，新诗的前途最难捉摸，戴着镣铐跳舞跳得好才算真好。闻一多向中国古典和外国（主要是英国）古典诗歌借鉴的基础上，探索新格律诗。

关于形象思维的参考资料，可以看《别林斯基论文学》、《别林斯基选集》、《杜勃罗留波夫选集》，普列汉诺夫文学论著，《古典文艺理论译丛》第十一集，《现代文艺理论译丛》，《高尔基文学论文选》及《文学书简》，尼古拉耶娃《论文学的特征》，胡风文艺论集，陈涌文章（载《青年创作会议文集》），郑季翘文章（《红旗》一九六六年第四期），毛星的文章（《文学评论》）。

在沈阳，陆贵山谈起郭影秋同志受迫害，使一条腿瘫痪的遭遇；说到李希凡的错误，有人说"打小报告"（关于"孙达得"），毛主席逝世后给江青写信，攻击何其芳得罪了何的满天下的桃李，攻击歌剧《白毛女》。李在《人民日报》反对鲁瑛，与王若水等相处不错，他是在江青说"李希凡犯错误了"之后才屈服，其教训值得注意。

一九七八年日记

元月二日　星期一，山东省第二招待所

十二月三十一日从烟台师专乘吉普车到火车站，逛街半日，为岚岚、三毛各买一顶帽子，到小蓬莱拍照，吃拔丝肉。当晚乘二〇四次车，卧铺，元旦之晨抵达济南。在山东师范学院李衍柱家吃面，中午三人一起到夏之放家喝酒，后来至山东省第二招待所住下，晚上街拍电报，后来回招待所，几人谈天。

魏佑章来电报催回学校，也不知道是什么事情。

小夏十分热情，约好明天去他家里长谈，一吐积愫。

在山东师院中文系续记

今天上午到趵突泉，雪涛飞溅，疑在蜀道；清泉映霞，恍若西湖。接着去大明湖，游人极稀。有一联曰：“四面荷花三面柳，一城春色半城湖。”中午到街上澡堂洗澡。

李衍柱同志说，理解马克思文论，一方面要和国外修正主义划清界限，一方面要和“四人帮”理论划清界限，要在两个方面做工作。

元月三日　星期二，山东大学参考室

昨天与山东师院同志交谈，甚为融洽，至夜色渐浓方散。夜在之放家吃饭，长谈，并在他那里睡。他说想搞创作，写关于农村生活的短篇。他的这个想法倒是不坏，但也很不容易实行。写诗，或者可能性大一点。否则，写历史小说，也好。

元月八日　星期日，晴，桂子山招待所

三日上午，去山东大学座谈，下午休息。中午赵锦良来招待所相邀，四时去他家。锦良在公共汽车站接，他爱人小张弄了满桌菜，我与老赵两人缓斟细酌。他说，李基凯一九六六年向他讲，“张光年问题很大”；又说，李曾被作为“五·一六”嫌疑而挨整；说到他在《人民戏剧》找陈默的情况。最后，送了我四本书；李衍柱也送我两本教材，内容颇好。

四日晨，乘一二五次至兖州，李永庄同志来车站接，坐曲阜师范学院校车，十二点抵达他们学校。当天下午座谈。晚上在李家吃饭，很丰盛，一只大肥鸡，许多人吃也没有吃完。

五日，参观孔林、孔府、孔庙。李永庄老师述及“文革”初期，谭厚兰率人前来砸坏。孔府俨若小皇宫，孔庙建筑保存尚好，前有十三碑，自元至清，十三个皇帝所立。参观归来，为李永庄老师家煎豆腐，作小诗一首，结句云：“孱头、混蛋今何在，承先启后有来人”，即指“文革”中把孔林挖成大坑。下午与乐群一起骑车采购赠送李家的礼物。

六日，离曲阜，坐一二五次到徐州。他们二人在站内等候，我跑出去购票，随即换乘三六七次到郑州，马上又换六十一次奔武汉。两次换车，火车开动才踏上车厢，很是狼狈。快到武汉，乐群兴奋起来，作诗调侃他，彼此取笑。

七日晨八时多，车到武昌，在桂子山招待所睡了一小会。去陶才碧家，见到了陶外婆，在杨宏禹老师家吃晚饭。杨老师说，辽宁史学讨论会上，蔡美彪发言，认为，“古为今用”只是对音乐问题的指示，用于史学会产生影射史学；历史上确实有执行“让步政策”的情况；不能提“史学革命”。罗尔纲发言，认为，对李秀成不能全盘否定。

吴道富告知，已经替我买到一辆自行车，是永久牌。

在火车上想到，写一篇关于形象思维的稿子，讲形象与思维的关系。如同马克思从商品的价值与使用价值的分析，而展开资本主义社会的一切矛盾，从形象与思维的关系的分析，也可能触及文艺理论中一切重大问题。从认识论的角度来总结，右倾的人们如何失足，他们夸大形象性而忽略或否定思维性；左倾的人们是如何失足的，他们把思维性绝对化，而忽略或否定了形象性。思维与形象的结合可以有各种情况，因体裁、题材、作家个性……而异。

元月十日　星期二，晴

八日上午，际燕到华师招待所来，同他一起来的有桂子山现代文学组的谢咏梅同志，谈到她们教研组的人事。际燕谈及广东抓文教甚为得力的诸种情况。晚饭在陶才碧家吃，她与我谈及她爱人调武汉的事。

晚饭后至孙子威老师家看望。

九日清晨，吴道富送我和周伟民到汉口长途汽车站赶车，中午抵达分院。晚上听唐玲玲讲近两个月情况，主要是评工资的问题。

元月十二日　星期四

十日晚，向韩之梓同志等汇报本次出差情况，我主要是谈思想收获，并谈了编印毛主席、周总理关于文艺问题指示材料的建议。

十一日下午继续汇报，介绍学术动态。

晚上，魏佑章、丁成泉与我们三个人谈，关于下一步工作。

关于学习、运用马列文论。列宁说，“任何一个一般的历史的理由，如果用在个别场合而不对该一场合的条件作特殊的分析，都会变成空话。”（《列宁全集》第二十七卷第三十四页），又

说："用抽象的概念来代替具体的东西，这是革命中一个最危险的错误。"(《列宁选集》第三卷第一一三页）

马克思逝世之后，有个叫杰维尔的人，写了一本介绍《资本论》的书。恩格斯曾幽默地说，他自己在校阅这本书时，常常产生想要反驳马克思的某些原理的念头。因为，《资本论》中某些原理，在杰维尔的书中被歪曲了。恩格斯说，在马克思的原著中，这些原理具有非常明确的界限，而在杰维尔的著作中，却带有绝对普遍的因而是不正确的意义。一些马克思认为只在一定条件下起作用的原理，杰维尔忽视了这些条件，解释成绝对的原理。使那些原理本身就成为不正确的了。(《马恩全集》第三十六卷第八四—九八页。)

关于马列文论的研究，不要把具体指示凝固化，不要赋予有具体针对性的东西以绝对普遍性。

前已与丁成泉同志谈，与曾祖荫同志谈，我今后工作，逐步转向古代文论。

二月十一日　凌晨一时三十分

写形象思维稿完，寄丁琳，总算暂时放下一件事。

下面应再想毛主席信中说的"比兴两法不可不用"，以及赋中"亦有比兴"这两点。这里似乎主要是讲作诗之法，而且主要指抒情诗。"两法"中，"兴"尤其值得研究。

要开始规划古代文论研究如何进行，转到下一个阶段去了。